어촌 심언광 연구총서 06

강릉을 사랑한 선비 어촌 심언광

어촌 심언광 연구총서 06

강릉을 사랑한 선비 어촌 심언광

어촌 심언광의 「연보」에서 보는 청소년기 학문수학

조선 사대부의 일상

조선시대 지방 수령(관찰사)의 하루

조선의 브로맨스! 선비는 왜 임금을 그리워했나?

그 시절 선비들의 시詩·서書·화畵, 그리고 주酒

그 시절 선비들의 반려품, 문방사우

어촌 시에 담긴 봄·여름·가을·겨울의 서정

어촌이 그린 관동과 강릉의 풍경

어촌이 노래한 이별의 아픔과 간절한 그리움

단오민속으로 읽는 어촌의 시 두 편

어촌에서 소월까지 이어진 '영변의 약산'

조선 선비들의 로망 관동팔경 유람

강릉 누정문학의 산실 경포대와 해운정

단아한 멋으로 다가온 해운정

'경호어촌'·'해운소정' 현판에 담긴 이야기

『해운정역방록』과 「정부자영당기」의 내력

어촌의 숨결을 따라 경포를 거닐다

어촌 심언광 제시題詩 미원계회도薇垣契會圖

| 발간사 |

학문은 인류의 호기심과 궁금증에 대한 축적된 사유의 결과물이며 교육은 학문을 통해 인간적인 삶을 영위하기 위한 수단이다. 우리나라는 19세기 후반 서양의 학문과 교육 시스템이 도입되면서 기존의 교육과 학문 체계에 일대 전환이 일어났다. 그 결과 현재의 교육에서는 문학과 예술, 학술연구, 정치, 사상 등이 서로 별개의 분야로 인식하고 수용도 개별적으로 이루어지는 게 일반적이다. 그러나 근대 이전의 학문체계에서는 유교 경서와 고서에 담긴 한시漢詩와 명문名文을 익히고 그 안에 담긴 가치를 일상에서 실천하며 나아가 현실정치에서 구현하는 것을 학문의 가치로 삼았다. 이 당시에는 문학이 학문이며 학문이 정치며 사상인 통섭적인 형태를 띠고 있던 것이다. 이런 특징은 문학과 예술, 정치, 사상 등을 개별적으로 나누는 것이 아닌 지식인이라면 기본적으로 모두 갖추어야 할 소양으로 여겼다.

1487년 강릉에서 태어난 어촌 심언광漁村 沈彦光도 조선의 지식인으로서 관료로 출사한 이후 생의 대부분을 정치가로 활동한 인물이다. 그러나 사후 그에 대한 인식은 정치가로 인식하기보다는 16세기 전반 당대의 문학을 이끈 문학인이자 사상가로 규정하는 현상이 더 우세하다. 이것이 바로 당대 학문의 특징이자 문학과 예술 정치를 함께 보았던 당시 지식인들의 사고에서 비롯된다고 할 수 있다.

이 책 『강릉을 사랑한 선비 어촌 심언광』은 현재의 세분화된 개념을 벗어나 우리가 오랫동안 이어온 근대 이전 지식인의 특징과 소양에 천착하여 지식인이자 정치인이며 문인이었던 심언광을 다양한 관점에서 통섭적으로 들여다보려는 노력의 산물이라고 할 수 있다.

이 책은 크게 세 부분으로 구성하였다. 제1부 '어촌 심언광은 조선의 선비'에서는 학문을 익히고 유교의 가르침을 지키며 정치를 하고 문학과 예술을 사랑한 심언광의 삶을 당대 지식인이었던 선비들의 삶에 대비하여 풀어보았다. 제2부 '어촌 선생이 들려주는 강릉 이야기'는 심언광의 시 작품을 내용에 따라 분류하고 다면적 접근을 통해 작품의 특징과 가치를 이해할 수 있는 내용으로 구성하였다. 마지막 제3부 '어촌 선생의 숨결이 배어 있는 여기 이곳'은 그의 고향이자 말년을 보낸 강릉에 대한 애정과 강릉 곳곳에 배어 있는 어촌의 흔적을 새롭게 조명해보는 작업을 담았다.

이 책이 나오기까지 어촌 연구와 선양을 위한 노력을 함께해주신 박영주 교수님과 박도식 교수님의 헌신에 감사드리며 옥고를 써주신 황루시 교수님, 이규대 교수님, 심은섭 교수님, 차장섭 교수님, 최호 교수님, 박해남 교수님, 임호민 교수님, 이상균 교수님, 조은실 작가님, 김자영 작가님에게 깊은 감사를 드린다.

강릉문화원이 지난 10년에 걸쳐 추진하고 있는 어촌 선양사업은 잊혀졌던 역사 속 인물이 이 시대에 어떤 가치와 의미로 새롭게 조명될 수 있을지에 대한 고민의 산물이다. 다시 한 번 함께 노력해준 모든 분들에게 감사드리며 물심양면으로 지원을 아끼지 않는 강원도와 강릉시 그리고 삼척심씨대종회에 감사드린다.

2019년 12월

강릉문화원장 최 돈 설

| 차례 |

제3부
어촌 선생의 숨결이 배어 있는 여기 이곳

제1부

어촌 심언광은 조선의 선비

01

어촌 심언광의 「연보」에서 보는 청소년기 학문수학

이규대_강릉원주대학교 명예교수

1. 가정과 지역의 인문환경

어촌 심언광은 1487년(성종 18)은 어린 시절 다복한 가정환경에서 성장하였다. 본관은 삼척이지만 선대에서 이미 강릉으로 이주하였기에 그는 이 지방에서 출생하여 성장하였다. 아버지는 예조좌랑禮曹佐郞이라는 벼슬을 역임한 심준沈濬이었고, 어머니는 이 지방의 거족인 강릉김씨이다.

할아버지는 증직으로 병조판서에 임명되었고, 증조할아버지는 사정司正이라는 관직을 역임한 경력을 가졌다. 사정은 무반의 관직일 수 있으며, 예조좌랑은 정6품의 관직으로 교육·풍속·음악 등에 관한 업무를 담당하였다고 볼 수 있다. 그리고 할아버지가 병조판서에 오른 것은 후손들의 관직이 승차하면서 받게 되는 증직이었을 것으로 보여진다.

직계 선조의 이러한 경력은 집안의 생활상을 짐작하게 한다. 먼저 증조부와 부친의 관직생활로 집안은 경제적으로 안정적이었다고 하겠다. 일차적으로 선대 이래로 확보된 전답이 계승되었을 것이고, 관직 생활에서 오는 녹봉이 있었을 것이다. 가정경제의 규모가 구체적인 것은 아니지만, 지방사회에서 이정도의 생활이라면 안정적이었다고 보아 무리 없을 것이다.

심언광이 아홉 살이 되던 해 부친이 사망하였다. 삼형제는 한서寒暑를 무릅쓰고 상례에 따라 시묘를 이행하였다. 부친을 여의고 삼형제의 출사가 이루어지기까지 가세는 예전 같지 못하였던 것으로 보인다. 이 같은 상황은 오늘의 비천한 의복이 훗날 정승을 담보할 것이라면서 글공부를 독려하였던 어머니의 훈계에서 엿볼 수 있다.

어머니는 자의식이 강한 분이셨던 것으로 보인다. 남편을 잃은 후 자식들의 글공부에 대한 훈육은 당신의 삶의 모든 것이었다. "남편을 잃고도 뒤따르지 못한 것은 자식들을 돌보아야 한다는 일념이었으며, 자식들을 입신출세시켜 가업家業을 계승토록 하는 것이야말로 내가 살아있는 이유이다." 어머니의 자식교육에 대한 강한 집념은 남편의 빈자리를 채워가려는 자세였으며, 청소년기에 처한 자식들의 학문수학의 자세를 다잡아가려는 열망이었다고 할 것이다.

어머니는 충忠·신信을 강조하셨다. 충성스러움과 믿음은 사람이 가져야 할 필수적인 덕목임을 강조하셨다. 이를 바탕으로 스스로를 잘 다스린다면 수천가지 재앙을 다스릴 수 있을 것이라 하시면서, 역학하여 조상의 가업을 계승하도록 훈계하시곤 하셨다.

직계 선조들의 경력으로 보면 집안에 독서하는 분위기는 충만했다고 하겠다. 먼저 집안에는 윗대에서부터 대물림되는 서책이 있었을 것으로 보이며, 서책을 구해 보기도 용이하였을 것으로 보인다. 자녀들의 출사 길을 열어주기 위한 독서의 방법과 과거 준비를 위한 정보에 밝았을 것으로 짐작된다. 이른바 독서생활을 통해 관직에 출사하여 자신의 영달과 일가의 번창을 담보하려는 집안의 생활 분위기가 배어나는 가풍이 연상될 수 있다.

한편 이 지방의 인문환경도 주목된다. 조선 초기 이래로 강릉지방에서는 과거에 합격하여 출사하는 인물이 연이어 배출되었다. 강릉최씨로 부자지간인 조은釣隱 최치운崔致雲과 수헌睡軒 최응현崔應賢, 이어서 금란반월회金蘭半月會 계원들, 어촌漁村 심언광·애일당愛日堂 김광철金光轍 형제 등을 비롯하여 이 지방 토성은 물론 거성들의 출사가 이어졌으며, 이어서 율곡 이이로 이어진다.

2. 어촌의 독서생활

어촌 심언광의 독서 즉 글공부는 인문환경에 크게 영향을 받았을 것으로 보인다. 글공부는 네 살에 시작된 것으로 보인다. 즉 "말을 배우고 바로 책을 읽을 줄 알았다."고 하였다. 맏형을 따라 글을 읽으면서 학업이 시작되었다고 하였다. 그리고 여섯 살에 시를 지었다고 하였다. 방안에 켜진 등잔을 화두로 시작詩作이 있었다. "등이 방에 들어오니, 밤이 밖으로 나갔다."고 시를 지었다. 실로 세인들로부터 신동神童으로 칭송을 받는 계기가 되었다.

여덟 살 때에는 옛사람들의 효제孝悌에 대한 지극한 행적을 모아 책을 곁에 두고 읽으면서 조심하고 성찰하는 근거를 삼았다고 하였다. 이러한 상황으로 보면 그는 유년기에 독서를 시작하였고, 아마도 『천자문千字文』, 『소학小學』, 『명심보감明心寶鑑』, 『주자가례朱子家禮』, 『삼강행실도三綱行實圖』 등 이른바 입문서入門書들을 독서하였을 것으로 짐작된다. 아울러 선현들의 詩文選을 익혔으며, 맏형을 따라 독서하였다면 필시 사서삼경四書三經의 공부가 시작되었을 것이다.

어촌 심언광은 십삼 세에 오대산 산사山寺에서 글공부를 하였다. 산사에서의 글공부는 이전 시대부터 행해진 습속일 수 있겠으나, 이 무렵의 특성은 짧은 기간에 집중적인 독서였을 것이라는 특징을 갖는 것으로 보인다. 이러한 양상은 유교를 지향하는 국가 이념정책에 영향을 받는 것으로 이해될 수 있다.

이제 그의 산사에서 글공부를 좀 더 구체적으로 살펴보고자 한다. 먼저 「행장」에서 언급되는 내용으로 독서할만한 서적이 부족하였다고 한다. 그것은 부친의 장례식과 삼년상을 설행하는 동안 집안의 책이 많이 망실된 데서 비롯된다고 하였다. 이러한 사실은 필독서의 유형이 갖추어지지 못하였음을 보여 준다고 하겠다.

이로서 그는 『古文選』을 가지고 산사에서 통독하면서 마침내 문장을 깨우쳤다고 하였다. 여기서 '고문선'은 여러 선현들의 시문을 필사한 서적이었을 것이나, 그 책 수가 얼마나 되었는지는 알 수 없다. 다만 그로부터 시작의 물리를 터득할 정도였다면 적은 수량은 아니었다고 볼 수 있을 것이다.

다른 하나는 어린 시절 독서의 성격을 규정하는 의미가 있겠다. '고문선'에 집중하였고, 심지어 천 번이 넘게 읽어냈다면 아마도 대부분을 암송할 수준과 경지에 올랐을 것으로 이해될 수 있다. 이러한 양상은 시작詩作으로 하루가 열리고, 시작으로 하루가 마감되었던 이 시대의 생활을 이해하는 단서가 되며, 또한 그의 시문학의 특성을 규정하는 단서가 될 것으로 볼 수 있다. 아울러 다양한 종류의 책이 갖추어지지 못했던 데서 오는 한계도 지적될 수 있을 것이다.

이와 관련하여 「연보」에서 성리학과 관련한 서적의 이름이 거론되지 않는다는 사실이 주목된다. 예컨대 『근사록近思錄』, 『이정전서二程全書』, 『주자전서朱子全書』 『심경心經』 등의 이른바 성리학 서적들이 소개되지 않는다. 그러나 이들이 글공부에서 배제되었을 이유는 없다. 시기적으로 이러한 서적들의 중요성이 점차 강조되고 있었으며, 나아가 훗날 어촌 심언광의 신원과 불가분의 관계에 놓이는 서적들이라는 점을 염두에 둘 수 있을 것이다.

십오 세 때에 강원감사 남궁찬南宮璨이 강릉을 순행하던 중 유생들을 모아 백일장白日場을 열었다. 이때 시제試題는 승로반기承露盤記였다고 한다. 이 백일장에서 그는 장원을 하였고, 강원감사는 여러 차례 그의 시권을 읽으면서 "참으로 원대한 재주로다!"라며 극찬을 하였고, 이로부터 그의 문장은 경향 각지에 알려졌다고 한다.

그는 십육 세에 강릉박씨 박승서朴承緖의 딸을 아내로 맞아 결혼하였고, 십칠 세에 「자경문自警文」을 붙였다고 하였다. 이 무렵 그는 "선비로서 벽향僻鄕에 태어나 아직 스승으로부터 배움을 받지 못하였으니 어떻게 성현의 길로 나아갈 수 있겠는가?"라며 탄식하였다고 한다. 그리고 십팔 세에는 또 한 차례 오대산 산사에 들어가 다시 독서하였는데, 김윤덕金允德이란 인물과 함께 산사에 들어 간 것으로 보인다.

그는 산사에 가서 독서생활을 하기 전까지 혼신의 다하여 어머니를 봉양하였다. 부친이 돌아가신 뒤 기울어진 가세에서 몸소 그물을 놓아 고기를 잡아서 어머니를 봉양하였다. 그러면서도 그는 학업에 힘쓰면서 부지런히 독서를 이어갔으며, 결국 유학遊學 즉 스승을 찾아 떠나고자 하였으나 병을 얻어 실행에 옮기지 못하고 차선책으로 산사에 들어갔던 것으로 짐작된다.

여기서 유학을 좀 더 살펴보면, 조선 초기에 이 지역의 유생 사림들은 영남사림 점필재佔畢齋 김종직金宗直의 문인들과 교유하는 모습이 파악된다. 더욱이 이들은 이 지방 사림의 일세대로 파악되고 있다. 어촌 심언광은 지역 사림들의 이러한 행적을 익히 알고 있었고, 이 무렵 그의 유학하려는 계획은 일차적으로 그의 자의식의 발로였더라도 선학들의 학문태도에 크게 영향을 받고 있었다고 할 것이다.

이러한 양상은 십대 후반에 접어들면서 그는 일정하게 학문적 성과를 이미 이루고 있으나 더 한층 발전을 위한 방법론적 고민을 하고 있었던 것으로 보인다. 자경문, 스승을 찾지 못한 데서 오는 탄식, 유학을 떠나려 했다는 사실 등을 염두에 두면 그는 현재의 명성에 안주하지 않고 한 차원을 뛰어넘는 학문적 성과를 위해 각가지 노력을 하고 있었음을 보여준다. 그 열정을 다 채울 수 없었던 환경적 요인이 언급되지만 결코 포기하지 않았고 차선책을 선택하여 실행하면서 학업을 성취해 간 것으로 파악된다.

3. 어촌의 과거시험 경력

「연보」에서 보면, 그는 1501년(연산군 7) 십오 세 때 처음으로 향시鄕試에 응시하였다. 이 시기는 그가 첫 번째로 산사에서 독서하였던 시점으로부터 2년째가 되는 시점이었다. 이 시험에서 그는 삼장三場 모두 으뜸이었다고 하였다. 여기서 삼장이라면 초시初試에서 시행되는 초장初場·중장中場·종장終場을 가리킨다.

그리고 세주細註에서는 이때 강원 감사 남궁찬南宮燦이 순행하던 중 강릉에 머물렀다고 하였는데, 아마도 시관試官으로 시험을 총괄하였던 것으로 보인다. 이때의 시제詩題는 승로반기承露盤記였다고 하였다. 이 시험에서 그는 장원에 올랐고, 감사는 여러 차례에 걸쳐 시권試券을 읽어 보고 "원대遠大한 재주로구나!"로 칭송하였고, 이로 말미암아 그 명성이 경향京鄕 각지에 알려졌다고 하였다.

이 기사와 세주는 형식상으로 보면 응당 하나의 기사를 설명하고 있다고 보인다. 다만 내용상으로 보면 별개의 시험 일정을 설명하는 듯도 하다. 전자는 문과 시험에서 첫 번째 시험인 초시初試에 관한 것이고, 세주의 내용은 강원감사가 관내를 수행하다가 강릉지방 유생들을 대상으로 하였던 백일장白日場이었다고도 할 수 있겠으나 여기서는 하나로 설명하였다.

이로서 그는 십오 세 때 향시 즉 초시를 강원감사의 주관 하에 보았고, 그 답안의 내용과 사고의 규모가 원대하다는 칭송을 받으면서 명성이 경향 각지에 퍼졌다고 하였다.

다음으로 그가 응시한 시험은 사마시司馬試였다. 사마시는 생원과生員科와 진사과進士科로 구분된다. 경전의 독해를 주로 시험하는 분야를 생원과이고, 시제에 대하여 자기주장을 펴는 논술유형을 진사과라고 하였다. 그는 1507년(중종 2) 이십일 세 때 진사시에 응시하여 1등 제4위로 합격하였다. 그리고 세주細註에서 「옥문관

시玉門關詩」가 이 책에 수록되어 있다고 적기되는 것으로 보아 이것은 아마도 진사시의 시제였던 것으로 짐작된다.

당시 그는 진사시에서 장원으로 합격하였고, 훗날 허균許筠의 외할아버지가 되는 김광철金光轍은 생원시에서 차석으로 합격하였다. 이때 시관은 용재容齋 이행李荇이었는데, 시험을 주관하고 서울로 복귀하였을 때 대제학大提學 신용개申用漑가 강원의 인물을 물었다고 한다. 이행은 대답하기를, 강릉에 심언광과 김광철이 문장에 출중한 사람으로 모두 이번 사마시에 합격하였고, 다가오는 회시會試에 반드시 합격할 것이라고 전망하였다는 것이다.

여기서 회시는 복시覆試라고도 하며, 초시에 합격한 사람들만이 볼 수 있었던 시험으로 이른바 대과의 두 번째 시험이며, 마지막 시험인 전시殿試 즉 임금이 참석 하는 시험에 앞서 치르는 시험이다. 초시와 복시는 대개 3년을 간격으로 치르게 된다. 즉 원론적으로 초시에 합격한 자는 3년을 기다려 복시를 치르게 된다. 다만 그 중간이라도 시험 기회가 있으면 응시가 가능하였다고 이해되고 있다. 부언하자면 회시에서 33명의 합격자를 선발하고 전시에서는 등위만 결정할 뿐이었던 것으로 알려져 있다. 따라서 회시의 합격이 전망된다는 사실은 이들의 학업과 문장력이 얼마나 출중했던가를 보여준다고 하겠다.

그러나 그의 대과의 급제는 무려 6년을 기다렸던 것이다. 「연보」에서는 이십칠 세에 명경明經에 급제하였는데 을과乙科에 제5위였다고 기록하였다. 물론 27세에 합격한 것도 빠른 시기의 급제이지만 그 중간에 6년은 긴 세월이었다. 아마도 학문 수학하는 동안 스승을 찾아 유학을 떠나려던 상황도 이러한 사정과 무관하지 않았을 것으로 보이며, 한편으로 그의 학문 연마가 얼마나 치열하였는지를 보여 준다고 할 수 있다.

특징적인 것은 진사에 오른 이후로, 연령적으로는 이십 세가 넘어서면서는 사계의 명현들과 교류가 구체적으로 「연보」에 적기되고 있다. 이러한 양상은 일정하게 학문적 결실에 기반을 두고 있다고 할 것이고, 나아가 새로운 인적관계망이 구축되는 것으로 이해될 수 있겠다.

그가 이십삼 세 때는 이 지방의 기묘명현으로 평가받는 삼가三可 박수량朴遂良·원정猿亭 최수성崔壽城과 강릉 경호재鏡湖齋에서 강론하였다. 그리고 이십오 세 때에는 서울 도봉道峰에 거주하던 정암靜庵 조광조趙光祖를 방문하여 경의經義를 강론하면서 여러 날을 머물다가 돌아왔다고 하였다. 이십육 세 때에는 신재愼齋 주세붕周世鵬과 서울 의동義洞 여각에서 심경心經을 강론하였다.

이러한 그의 인적관계망은 주목될 수 있다. 즉 여기에 명기되는 인물들은 이른바 신진 사림의 대표적인 인물들이며, 모두들 점필재 김종직의 문인들로 평가되는 인물이라는 점이다. 그리고 앞서 지적하였듯이 어촌 공의 이 지방 선배들도 김종직의 문인들과 교류했었음을 상기하면, 어촌 역시 이 지방 문인들의 성향을 이어가고 있음을 보여 준다. 지방사적으로 주목되는 포인트라고 할 것이다.

4. 일가의 과거科擧 내력과 지방사

어촌 심언광은 3형제 중 셋째 아들이었다. 위로 8살 많은 맏형 심언경沈彦慶이 있었고, 또 둘째 형 심언량沈彦良이 있었다. 이들은 16세기 초중반에 활약하였다. 즉 15세기 후반에 유·소년기를 지냈고, 맏형과 그는 16세기 초중반에 출사하여 관직생활로 활약하였다.

막내인 어촌은 21살에 초시에 합격하여 진사가 되었고, 이로부터 6년 후인 27살에 문과에 급제하여 관직에 출사하였다. 맏형은 막내 보다 10년 후인 32살에 초시 양시에 합격하여 생원·진사에 올랐으며, 문과에도 4년 늦은 38살에 합격하여 출사하였다. 집안의 사정으로 보면, 막내가 맏형보다 초시와 문과에서 앞서 합격하였고, 3년이나 앞서 관직에 나간 것으로 보인다.

실로 일가의 경사였을 것이다. 분명 독서생활을 철저하게 이행하는 가풍에서 비롯되는 결과였다고 할 수 있을 것이다. 3형제 중에 두 명이 과거를 통해 당당하게 관직에 출사하였다. 당사자의 영달이요, 가문의 광영이요, 지방사회에 경사가 아닐 수 없었을 것이다. 특히 막내의 과업은 특별한 것이었다. 맏형의 과업이 오히려 정상적이었다면, 막내의 과업은 매우 이른 약관의 나이에 성취한 것으로서 경이로운 경사가 아닐 수 없었을 것이다.

심씨 형제의 과거 합격과 출사는 지방사적 의미를 갖는다. 이들에 앞서 강릉지방에서 과거를 통해 출사한 사례로 금란반월회 회원들을 들 수 있다. 이 회원들의 출사는 비록 약간의 시차를 보이고 있지만 앞서거니 뒤서거니 하면서 대거 7명이 과거에 합격하여 출사하였다. 이들의 활동 시기는 심씨 형제들보다 한 세대 즉 30~40년을 앞서 있다. 그리고 심씨 형제의 경사가 있은 후 한 세대 후에는 율곡 이이의 경사가 있었다. 이로서 강릉지방에서는 금란반월회 회원들에 이어 심씨 형제, 그리고 심씨 형제를 이어 율곡 이이가 학문이 이어지고 있으며, 이들의 시차는 한 세대로 나타나고 있다고 할 수 있다.

이러한 지방사적 의미도 주목되지만, 이를 넘어서 주목되는 것은 학문적 성향이라 할 수 있다. 심씨 형제의 학문적 성향은 훗날 교산 허균의 논평에서 정연하게 정리된다. 그는 어촌 심언광의 문학적 자질과 시문학의 성과를 절찬하고 있다. 어촌의 이러한 자질과 문학적 성과는 조선 제일이라는 강릉지방 산천의 정기를 받은 데서 비롯되는 것이라고 칭송을 아끼지 않았다.

이에 비하여 율곡 이이의 학문적 성향은 성리학의 본질적 영역이라 할 수 있는 심성론에 집중되고 있다. 그는 23살에 안동으로 퇴계 이황을 찾아뵙고 학문하는 방법론에 대한 심도 있는 담론을 나누었다고 하였다. 다시 강릉으로 돌아와 오래된 지우인 도경 최운우와 함께 『심경心經』을 강론하였다고 하였다. 이 책은 심성에 관한 격언을 모아 놓은 책이고 보면, 율곡 이이의 학문적 성향을 가늠해 보게 된다.

이렇게 보면 학문적 성향에서 어촌 심언광은 그 전시대의 성향을 계승하는 마지막 세대였다고 하겠고, 율곡 이이는 심성을 주제로 하는 새로운 철학적 내용을 탐색하는 첫 세대로서 의미를 갖는다고 할 수 있다. 한 시대의 성향을 마감하고, 새로운 성향을 추적해 가는 차이를 보이고 있다는 지방사적 의미를 갖는다. 그리고 이러한 학문적 성향의 변화는 이른바 4대 사화를 겪고 난 후의 반성적 차원에서 비롯되는 것이었다.

02

조선 사대부의 일상

임호민_가톨릭관동대학교 교수

조선시대 사대부란? 사士[선비]+대부大夫[관료]를 합친 말이다. 다시 말해서 사대부는 주로 문·사·철과 관련된 서적을 읽으면서 심신을 수양하고 과거를 준비하여 관직에 진출한 사람들 의미한다. 그런데 좁은 의미에서 대부는 모든 관직자를 뜻하는 것이 아니라 대체로 정3품 당상관 통정대부 이상의 품을 지닌 현직 및 전직 관료를 뜻한다. 그러나 조선시대 관료 품계에 따르면, 종4품 이상은 '대부'라는 표현을 쓰고 있어 여기까지도 사대부의 범주에 넣어도 무관하다 할 수 있다.

따라서 현직 관료인 사대부들의 일상은 책을 읽고 심신을 수양하는 모습과 관료 생활의 모습이 포함된 삶의 모습이며, 전직 관료는 현직 관료와 마찬가지로 책을 읽고 심신을 수양하는 것을 전적으로 하면서 가끔 중앙정치에 대하여 상소를 내거나 낙향하여 향촌에 머물 경우 사족지배체제 하에 향권의 일부를 담당하면서 사회적 지위를 유지하였다.

성리학적 지배이념이 일반화되었던 조선사회에서 관료 진출은 양반들이 자신들의 사회적 지위를 유지하고나 상승시키는데 있어서 절대적으로 필요한 요소이다. 특히 출사는 개인의 영광이기도 하지만 가문과 지역사회에도 큰 영향을 미치기에 입신양명의 중요한 과정 중에 하나이다. 관료가 됨으로써 양반신분의 특권을 지속적으로 유지할 수 있었고, 경제적으로도 조선 전기에는 직급에 따라 수조권을 받아 세금을 걷어 경제적 지위를 유지하였고, 수조권 지급이 폐지되고 국가가 세금을 받아 관료들에게 녹봉을 지급하던 시기에는 녹봉을 통해 경제적 지위를 유지하였다.

1487년(성종 18) 강릉대도호부 용지촌에서 출생한 어촌 심언광은 4살 때에 말을 배우고 책 읽는 것을 알았다고 한다. 그때 어촌은 아직 어려 말은 조금 더듬었으나 글 읽을 때에는 조금도 더듬지 않았다고 한다. 심언광이 이른 나이에 서책을 읽을 수 있었던 것은 그의 선조나 형제들의 행적을 통해 확인할 수 있다. 그의 아버지 심준沈濬은 1426년(세종 8) 진사에 입격하였고, 1429년(세종 11) 문과 3등에 합격한 후 호조좌랑 지제교을 지냈고, 좌찬성홍문관제학에 증직되었던 인물이며, 그의 백부 심관沈灌은 참봉으로 호조참판에 증직되었고, 할아버지인 문계文桂는 병조판서겸동지의금부사행사정兵曹判書兼同知義禁府事行司正에 증직되었으며, 그 선대 역시 문과에 급제하거나 증직되어 사족으로서의 지위를 지속적으로 유지하였다. 또 그의 맏형 심언성沈彦誠은 참판 충순위에 증직되었으며, 둘째 형 심언경沈彦慶은 1510년(중종 5)에 생원生員과 진사시進士試에 모두 합격하였고, 1516년(중종 11)에 문과에 합격하였다. 정언正言으로 출사하여 헌납獻納, 지평持平, 장령掌令, 교리校理, 응교應敎, 대사헌大司憲 등을 역임하였다. 이처럼 선조와 형제들의 행적을 통해 알 수 있는 심언광 가문의 가풍의 핵심은 과거를 통한 관직진출이었던 것이다. 관직진출의 목표를 성취함에 있어서 가장 기본적인 것은 성리학 관련 서적을 가까이하고 정독하는 것이었다.

『어촌집』 연보에 전하는 심언광이 6살 때의 일화에 따르면, 아버지 심준이 아들 언광을 품고 앉아 등잔을 주제로 시를 지으라 하니 심언광은 "등불이 방 가운데 들어왔다 밤에는 밖으로 나가네"라는 시를 지었다고 하고 이에 아버지는 기특하게 여겼다고 한다. 이처럼 심언광은 두 형을 따라 글을 읽으면서 출사의 꿈을 키워가기 시작하였다. 또 그가 학문적 성취를 하는 과정에서 도움이 되었던 인물은 외삼촌이었던 은일거사 김세남이었던 것으로 파악되고 있다. 김세남은 학문과 덕행이 매우 뛰어나 영남사림의 거두인 김종직에 의해 현량과에 추천되기도 하였다.

심언광의 글 공부가 성과를 내기 시작한 것은 그의 나이 15살 때인 1499년(연산군 5) 향시鄕試 삼장三場에서 으뜸을 차지하면서부터이다. 당시 강원관찰사 남궁찬南宮燦은 강릉에 순행 왔다가 강릉의 모든 유생들을 불러 모아놓고 '승로반기承露盤記'란 주제로 시험을 보게 하였다. 남궁찬은 그의 답안을 여러 번 반복해서 읽고 난후 "참으로 원대한 재주가 있구나"라고 극찬하였고, 이때부터 그의 문장 실력은 지방과 중앙에 알려지기 시작하였다.

그러나 여기에서 그치지 않고 그는 몸이 좋지 않은 상태임에도 불구하고 시골 선비로서 글 읽기에 한계를 느끼고 오대산 산사에 들어가 1년여 열심히 공부한 끝에, 1506년(중종 1) 형들보다 먼저 진사시에 입격하는 쾌거를 이루었다. 당시 시관으로 참석하였던 이행李荇은 "강릉에 심언광과 김광철이 문장이 출중한 사람으로 모두 사마시에 입격하여 이번 회시會試에 반드시 합격할 것이다"라고 할 정도였다.

진사시 입격 후 대과를 준비하면서 심언광은 당시 강릉의 유현이었던 삼가三可 박수량朴遂良과 원정猿亭 최수성崔壽峸 등과 강회를 열면서 공부의 지평을 넓혔을 뿐만 아니라 25살 때인 1511년(중종 6)에는 도봉道峯에 살았던 정암靜庵 조광조趙光祖를 방문하여 여러 날 머물면서 경의經義를 강론하였고, 이듬해에는 신재愼齋 주세붕周世鵬과 함께 심경心經을 강론하면서 성리학적 이해를 넓혔다.

성리학 공부의 깊이가 깊어가면서 1513년(중종 10) 명경과 을과 제5등에 합격하였으며, 1516년(중종 11) 예문관 한림에 천거되면서 관직 생활을 시작하였다. 당시 나이는 30살이었다. 그 뒤 호당湖堂(독서당의 다른 이름으로 임금의 특명으로 독서를 하던 곳)에 들어가 사가독서하면서 문명을 날렸고, 지평持平·정언正言·장령掌令·홍문관 교리·집의執義 등의 청요직을 두루 지냈다. 언관을 역임하면서 국방문제의 중요성을 제기하였고, 국가기강의 확립을 위하여 심정沈貞을 비롯한 권간들의 횡포를 탄핵하였다. 1530년 대사간이 되어서는 형 심언경과 함께 김안로金安老의 등용을 적극 주장·실현시켰다. 그러나 김안로가 조정에서 실권을 장악하면서 붕당을 조직하고 대옥大獄을 일으켜 사림들을 모함하자, 비로소 지난 날 자신의 추천행위를 후회하기에 이르렀다. 특히 김안로가 자신의 외손녀를 동궁비로 삼으려 하자 이를 질책하였고, 이를 계기로 두 사람 사이에 틈이 생겼다. 1536년 이조판서가 되고, 이어서 공조판서를 역임하면서 김안로의 비행을 비판하자 김안로의 미움을 받아 이듬해 함경도관찰사로 좌천되었다. 그러나 곧 김안로와 그 일당이 축출되자, 우참찬에 올랐다. 인종이 즉위하여 대윤大尹일파가 집권하면서 향배가 바르지 않다고 탄핵을 받아 관직을 삭탈당하였다. 그 뒤 복관되었다.

출사 준비와 과거 진출을 위한 심언광의 삶이 유생으로서의 삶이었다면, 관직진출 이후부터는 사대부로서의 삶을 살았다고 볼 수 있다. 특히 관직진출 이후 예조좌랑, 홍문관 수찬, 사간원, 정언, 사헌부 지평, 사헌부 장령, 홍문관 교리 직책을 두루 거쳤는데, 이러한 직책들은 대부분 언관직이며, 청요직이었으나 좁은 의미의 대부에는 해당되지 않는 직책이었다. 물론 이 직책들은 중종 조 관직에 진출한 사림들이 훈구대신들의 부정과 비리를 개혁하려는 의도에서 대단히 중요하게 여겼던 관직자리였다. 이에 좁은 의미에서 대부에 해당되는 직책에 임명된 것은 그의 나이 44살 때인 1530년(중종 25) 이조참의에 임명되면서부터이다. 그러나 이조참의 이전 역임하였던 직책 중 사헌부 장령(정 4품)과 홍문관 교리 등과 같은 직책은 품계 상 봉정奉正·봉열대부奉列大夫에 해당하고, 또한 이 직책들은 대체로 청렴결백하며 사리분별이 명확해야하는 중요한 직책들이었기에 사대부로서 갖추어야 할 인품을 충분히 갖추고 있었다고 보아야 한다. 따라서 관품 상 심언광이 사대부 반열에 들어 온 것은 그의 나이 40살 때인 사헌부 장령에 임명되면서부터이다. 사헌부 장령에 이어 홍관문 교리가 되었을 때 그는 임금에게 효제孝悌의 도를 펼칠 것을 상소하였다. 이처럼 관료로서도 청백리이어야 했던 것이 사대부의 일상 중 중요한 삶의 지표이었고, 관료 외 사적 생활의 삶의 지표로서도 사대부로서 강조되었던 것이 바로 효제였고 그는 이 효제를 철저히 실천하였던 것이다. 일례로 그는 나이 8살 때 옛사람들의 효제와 관련된 행실들을 모으고 책을 곁에 두고 읽으면서 조심히 살피는 근거로 삼고 이를 실천하였다고 한다.

심언광이 쓴 「제사간원계회도題司諫院契會圖」에 의하면, "선비는 뜻을 높이 가져야 하고 옛 철인은 마치 내 벗처럼 가까이 지내야 하고, 옛 서적은 같은 무리나 짝처럼 상대해야 한다"고 한 것처럼 선비는 뜻을 높이 세우고 옛 철인들의 사상을 가까이하고 또 철인들이 지은 글들은 짝처럼 가까이 하면서 철인들의 생각과 옛 서적의 명문名文들을 귀감으로 삼으며, 잘못을 바로잡은 관료인 사간원 관인으로서는 충성과 신의를 이행할 것을 강조하였다. 이처럼 심언광은 관료로서 사대부의 삶에 대해서 충성과 신의를 강조하였고, 옛 철인과 옛 서적을 수시로 읽으면서 선비로서 높이 세운 뜻을 실현하는데 힘쓰는 것이라 하였다. 또 그가 올린 「홍문관상소」에 의하면 선비의 기상을 길러 국맥國脈을 기르고 배양의 도를 실천하여 많은 선비를 배출하여야 하나 무오·갑자사화 이후 사림들이 거의 제거되고 선비들이 사화가 되풀이 될까 봐 두려워하여 선비들의 풍속이 위축되고 쓰러짐을 안타까워하였다. 그러면서 그는 아부하고 구차하게 계합契合하는 습속은 버리고, 충순하게 진작하는 풍조는 만들고, 사대부가 서로 대면하여 국사를 의논함에 머리를 숙이고 꼬리를 내려서 서로 입만 쳐다보고 감히 한마디도 먼저 말을 하지 못하는 습속은 버리고, 사안이 재상과 관련되면 두렵고 겁내어 감히 말하지 못하는 습속은 버려야한다고 말하였다.

한편 사대부의 가정생활은 『주자가례』에 근거한 성리학적 규범에 초점이 맞추어져 있는데, 대체로 봉제사, 접빈객을 중요한 덕목으로 삼았다. 봉제사와 관련된 심언광의 삶의 모습 중 첫째는 시묘살이이다. 그가 9살 되던 해(1495년) 4월 아버지 심준이 돌아가셨는데, 형제들과 함께 묘를 지키며 몸소 제수를 장만하고 제를 올리고 춥고 더운 것을 가리지 않고 상례를 치르는 예법을 홀연히 성인과 같이 행하였기에 향리 사람들이 감탄하였다고 한다. 또 1526년 8월 어미니 김씨가 돌아가시자 아버지 때처럼 삼년상으로 상례를 거행하였다. 그는 가례에 따라 상례를 준행하였고, 영화롭게 상례를 치루지 못함을 한스러워하였다고 한다.

그의 접빈객 역시 관료생활 때와 낙향 후 경호 가 해운정 별당에 머물면서 방문하는 사람들과 시문을 차운하는 것이 일상적이었다. 또 인근의 경치 좋은 곳을 유람하면서 자연의 수려함을 감사하면서 역시 다른 명사들의 시를 차운하거나 본인이 직접 시를 지어 산수를 감상하는 자연친화적 생활을 영위하였다. 그의 접빈객의 대표적 사례 중에 또 하나는 중국 사신 공용경을 맞이하였던 일이 있다. 그는 강원도관찰사로 부임했을 때인 1530년(중종 25) 고향인 강릉 경호 가에 해운정이란 정자를 짓고, 주변의 수례한 경치를 조망하면서 찾아오는 손님을 맞이하거나 후손들에게 성리학을 강론하는 장소로 활용하였다. 해운정에는 명나라 사신 공영경과 오희맹이 쓴 글씨 현판이 걸려 있다. 이밖에도 그는 이이와 강릉을 비롯한 강원지역 사족들, 그리고 관동의 명승지를 유람하는 많은 문객들과의 교류의 장으로 해운정을 널리 활용하였다.

심언광은 성리학 공부와 연구 그리고 수양을 중요시하면서 관료이자 지식인으로서 사대부의 삶을 충실히 살았던 역사적 인물이다. 또 왕에게 효제의 중요성을 상소하면서 왕도정치를 강조하였고, 신하로서 관료로서는 신의와 충성을 중요하게 여겼다. 또 자신의 일상생활은 검소하면서 주자가례의 입각한 철저한 성리학적 규범을 실천하고자 하였다.

03

조선시대 지방 수령(관찰사)의 하루

임호민

예문관 한림에 천거된 이후 심언광은 검열, 봉교 등 예문관에 소속되어 관직생활을 하였다. 그런데 32살 때 신용개의 진언으로 호당에 선발되었으나 사가독서하지 않고 있다가 이듬해인 1519년(중종14) 경성교수鏡城教授에 임명되었는데 이것이 처음으로 나간 외직이었다. 그러나 1519년 발생된 기묘사회에 연루되었다는 이유로 그는 외직에서 출척되어 36살 때까지 관직생활을 그만두어야만 했다. 37살 때인 1523년(중종 18) 강원도사江原都事에 제수되었고, 이듬해인 1524년(중종 19) 충청도사忠淸都事에 임명되었다. 43살 때인 1530년(중종 25) 경기도 어사로 파견하여 수령들의 진휼 조처 상황을 살폈고, 같은 해 이조참의에 특별히 제수되었다가 강원도관찰사에 제수되었다.

1536년(중종 31) 김안로가 심언광을 사지死地로 보내려고 중종에게 그를 비방하는 언사를 펼쳤기에 평안도 경변사警邊使로 나갔다. 물론 이때 중종은 김안로의 비방이 거짓임을 알고 평산군에 당도한 심언광을 이조판서에 임명하는 특명을 내렸다. 당시 평안도 지역에는 오랑캐가 수년간 출몰하여 변방의 장수가 여러 명 사살되는 피해를 입었고 그것을 수습하고 변방의 안정을 위해 파견되었다. 51살 때인 1537년(중종 32) 8월 경 또 김안로와의 언쟁과 비방으로 함경도관찰사에 제수되었다가 그해 12월 26일 김안로가 사사賜死되자 의정부 좌참찬에 임명되었다.

이처럼 심언광은 중앙 언관에서 부터 관료생활을 시작하여 이조·병조참판, 예문과 제학과 대제학, 이조판서, 의정부 좌참찬 등 중요 관직을 지냈으며, 외관직으로 관직 생활을 한 것은 경성교수,

강원도사, 충청도사 그리고 강원도와 함경도관찰사를 지냈을 때이며, 경기도암행어사와 평안도 경변사와 같은 관직은 특수한 임무를 부여받고 지방에 파견되었던 관직이었다. 그가 역임했던 경성교수는 함경도 경성지방의 교육을 담당하는 업무였고, 강원도사와 충청도사는 해당 지역 관찰사의 업무를 보좌하는 역할이었으며, 강원도·함경도관찰사는 해당 지역 각 군현에 대한 감찰이 주요 업무였다. 이에 부·목·군·현에서 지방관으로 지방통치를 독자적으로 행한 적은 없지만 지방에 내려와 지방통치에 참여한 사례가 있고, 또 주요 중앙 관직 생활을 하면서 수령 업무의 중요성에 대해 여러 번 상소를 냈다는 점은 유의미한 역사적 사실이다.

수령의 일상적인 업무는 '수령칠사'라는 조목으로 널리 알려져 있듯이 지방 군현의 정치, 조세, 부역, 군사, 교육, 풍속, 소송 등 지방 통치의 전반적인 업무를 관장하는 것에 집중되어 있다. 이 업무는 대민정책을 펼침에 있어서 가장 기본적인 요소들이다. 심언광이 역임한 지방관은 관찰사를 보좌하는 도사와 관찰사 직책이었는데, 관찰사는 중앙 행정 관서와 지방 수령 사이에서 연계적 역할을 담당한 중요한 행정장관이자 군사지휘권을 가진 직책이었다. 관찰사는 의정부서사제 형태로 국정이 운영될 때에는 기밀에 관계되면 실봉實封하여 올리기 때문에 국왕이 직접 보지만, 그렇지 않으면 노봉露封하여 올리므로 계본啓本이라 하더라도 의정부에서 먼저 보고 이 계본에 의거하여 국왕에게 올리게 되어 있다. 특히 수령칠사계본守令七事啓本과 같은 포폄단자는 기밀에 관계되는 것으로 실봉으로 올리도록 되어 있었다. 이처럼 관할지역 수령에 대한 고과는 관찰사의 여러 업무 중 중요한 부분임을 알 수 있다. 즉 관찰사는 수령의 규찰과 출척의 전권을 국왕으로부터 위임받아 행하는 독자적 행정역량을 발휘하도록 하였다. 관찰사는 소관 도내 모든 외관에 대해서도 규찰의 대상으로 삼아 수령의 예에 의거해 고과·포폄하였다. 『경국대전』 및 실록에 근거하여 관찰사의 고과·포폄의 대상에 해당하는 외관직으로는 찰방察訪, 역승驛丞, 도승渡丞, 교수敎授, 훈도訓導, 검률檢律, 심약審藥, 염철장관鹽鐵場官 등이었다. 또 관찰사는 병마절도사를 겸하거나 그들을 지휘·감독하기도 하였다. 행정·사법·군권을 장악한 관찰사는 한 도의 행정·사법책임자인 동시에 군사책임자로서 막강한 힘을 갖고 있었으며, 수령 또한 진관의 군사권을 행사하나 관찰사의 지시와 감독을 받도록 되어 있었다.

조선시대 관료들은 해가 긴 봄·여름에는 묘시卯時(오전 5~7시)에 출근하여 유시酉時(오후 5~7시)에 퇴근하였고, 해가 짧은 가을·겨울에는 출근은 두 시간씩 늦어지고 퇴근은 두 시간씩 빨랐다. 또 연중 근무일은 대체로 300일로 60일 정도 휴무와 휴가가 있었던 것으로 여겨진다. 휴무는 국경일과 국기일國忌日(왕이나 왕비가 돌아가신 날)이다. 국경일은 왕과 왕비, 왕대비의 생일, 그리고 설과 추석 같은 명절이다. 또 부모상을 당했거나 무모가 위독할 경우 이동 거리에 따라 휴가 기간이 달리 정해졌다. 관찰사나 수령 또한 위와 같은 근태 기준을 충실히 따라야 했다.

심언광이 상소하였거나 주장하였던 지방통치와 관련된 행적들을 통해 그의 수령, 관찰사에 대한 인식은 어떠했을까를 살펴보면 다음과 같다. 1528년(중종 23) 11월 시독관侍讀官 심언광은 석강에서 "근래 국법이 행해지지 않아, 각 고을의 수령은 염치의 마음이 없고 탐오의 버릇을 길러, 백성을 돌보라는 분부를 상께서 번번이 지성으로 하유하셔도 각 고을에서는 겉치레로 여기므로, 백성이 모두 원망하게 된다. 또 나라에서 장리贓吏의 법(부정한 방법으로 금품을 얻어 자기 소유로 하거나 남에게 준 관리를 다스리는 법. 장리에 대해서는 본인을 처벌할 뿐 아니라 천거한 사람도 벌 받고, 그 아들은 과거를 볼 수 없고, 그 아들과 손자는 혹 벼슬하더라도 좋은 벼슬을 받을 수 없다는 등의 제한하는 법)을 엄하게 하였으므로 사람들이 다 죄를 두려워하여 감히 자행하지 못하였는데, 지금은 장리로 죄받은 것을 들어 본 적이 없다. 대개 허다한 고을의 수령 중에 어찌 탐오한 수령이 없겠습니까마는, 관찰사가 된 자가 전최殿最할 즈음에 한두 사람만으로 수를 갖추고 말며, 탐오하다고 이름난 자가 이따금 있더라도 다 한미한 집의 세력 없는 사람이다. 지금의 계책으로는 그 가운데에서 더욱 심한 자를 적발하여 특별히 죄를 다스려서 장리의 법을 엄중하게 하는 것이 필요하다. 이렇게 하면 사람들이 스스로 두려워 징계될 것이고, 백성의 원망이 이와 같은 때가 없었거니와, 이 풍습이 크게 일면 바로잡으려 하더라도 될 수 없으니, 반드시 기미를 막고 조짐을 끊어야 마땅하다"고 주청하니 중종은 "과연 근래 탐오의 풍습이 날로 자심하여 각 고을의 수령이 입기入己(장물贓物을 자기 소유로 하는 것)할 뿐더러 사사로 가는 사람을 접대하지 말라는 것은 정해진 법이 있으나, 백성에게서 고혈膏血을 짜서 빈객을 접대하니 그 폐단이 매우 크다. 번번이 이 뜻을 각도에 하유하여도 관찰사 등이 예사로 여겨 게을리 하고 봉행하지 않으니, 지금 아뢴 겉치레가 될 뿐이라는 말이 매우 마땅하다."고 하였다.

1530년(중종 25) 시강관侍講官이었던 심언광은 석강夕講에서 "경기京畿를 적간摘奸할 적에 양성陽城과 진위振威의 백성들은 집에 한 되의 곡식도 없었음은 물론 도토리도 저축해 놓은 사람이 드물었고, 길에서 만나는 사람마다 얼굴에 모두 부황이 들어 있었고, 들 가운데는 철이 아직 이른데도 나물 캐는 사람들이 흩어져 있었으니 수령들에게 굶주린 백성을 뽑아서 사람을 헤아려 진구賑救해야 한다"고 주장하였다, 또 "양재역良才驛과 낙생역樂生驛 등은 바로 남도의 대로이고 영서역迎曙驛과 벽제역碧蹄驛은 서방西方의 대로인데도 불구하고 사람은 잔폐殘弊하고 말은 지쳤는데 쌀·콩은 떨어지고 말을 먹이지 못하여 사람이 다닐 수 없는 상황이고, 각 고을의 수령들이 사적으로 출입할 때와 승차承差가 지날 적에 수행하는 아랫것들도 모두 역말을 탄다"고 하였다. 이에 감사에게 철저히 밝혀 규찰하도록 할 것을 주청하였다.

1533년(중종 28) 대사헌 직책을 수행하면서 심언광은 중종에게 반복되는 자연재해가 발생했음에도 사치와 탐오의 폐습이 만연하고 있음을 지적하면서 바로잡을 것을 주청하였다. 그는 "근래 성변星變이 3년에 걸쳐 잇따라 나타나니, 이것이 어찌 작은 변이겠는가? 매우 경악스러워 결국에 무슨 일이 일어날지 모르겠다. 근래의 일로 보면, 지금처럼 인심이 순후하지 못한 적이 없었다. 극악스러운 흉모가 지친至親 중에서 자주 나타나니, 다시 무슨 일이 보이지 않는 가운데 숨어 있을지 모르겠다. 성변과 한발이 극심할 정도만이 아니다. 서울에는 비가 내렸지만 지방에는 온 들판이 말라붙어서 씨앗을 뿌리지 못하였으니, 금년 농사는 이미 추수의 희망이 없다. 날이 갈수록 해가 갈수록 한재旱災는 더욱 심하여 이미 10년에 이르렀다."라고 설명하면서 "세종조의 황희黃喜와 허조許稠, 성종조의 어세겸魚世謙이 살던 집은 극히 검박하였는데, 지금은 비록 유생이라 할지라도 조금만 부유하면 저처럼 검박하게 살려는 자가 누구이겠는가? 대체로 지금의 풍속이 이와 같다. 대간과 시종이 매번 왕자의 저택이 제도에 지나치다고 논하지만, 능히 성상의 마음을 감동시키지 못하는 것은, 그 사람 자신이 먼저 사치를 하기 때문이다. 그러나 이런 폐단을 개혁하려면 반드시 위에서 먼저 사치를 막는 것으로 모범을 보인 뒤에야 아랫사람들이 본받을 것이다."라고 하면서 당시 만연해 있었던 윗사람들의 사치와 탐오를 시정해야 할 것을 강조하였고, 위에서부터 검소해야지 백성들도 그것을 본받고 따를 것이라고 하였다. 즉 관료로서의 본보기를 보여야 한다는 것이며, 또한 그 본보기의 기본은 청백리의 모습을 보이고 것임을 피력하고 있는 것이다.

이처럼 지방통치와 사정에 대한 그의 언행은 사치와 재정 낭비, 수령의 사치와 탐학 등을 지적하고 그것을 감찰하는 관찰사들은 자신들 업무의 중요성을 깨닫고 철저하고 올바르게 수령의 고과를 심사하여 폐해가 발생되지 않도록 해야 함을 강조하는 내용이다. 특히 그는 수령은 행정·사법권을 갖고서 국왕을 대신하여 지방을 다스리는 존재이기에 자신이 관찰사를 역임하면서 목도한 백성들을 괴롭히는 수령들의 유형에 대해 말하였는데 다음과 같다. 첫째,

마음가짐은 깨끗한 듯하나 재기가 용렬하므로 위엄이 서리에게 미치지 않아서 폐단이 더욱 큰 자, 둘째, 재능은 조금 있으나 기세를 믿고 위엄을 지어 가혹하게 징색하여 한없는 욕심을 채우고 창고의 저장이 텅 비게 하는 자, 셋째, 여러 가지로 침탈하되 자기가 쓰지 않고 권귀에게 많은 뇌물을 주어서 명예를 낚으면서 스스로 깨끗하다고 하는 자 등이다. 이에 그는 전최殿最의 권한을 갖고 있는 관찰사의 출척권黜陟權을 강화해야 한다고 주장하였다. 그는 관찰사의 권한 강화를 통해 지방통치 책임자인 수령에 대한 견제와 고과를 철저히 수행할 수 있다고 보았고, 그것을 통해 수령↔관찰사↔의정부↔국왕으로 상호 이어지는 지방 행정·사법·군권 체계적 운영을 강조하였던 것이다. 이러한 강조는 그가 강원도사, 충청도사 그리고 강원도와 함경도관찰사로서 직책을 수행하면서 관찰사의 하위 지방체계인 수령에 대한 권한 강화의 필요성을 누구보도다 필요하다고 인식하였기 때문으로 보인다. 수령의 폐해를 개선하기 위해서 그는 새로운 법을 만들기보다는 실존하는 최소화된 법체계 하에서 청백리와 위민을 위한 도덕적 인품을 갖춘 수령의 선발이 우선적으로 필요하고, 잘못한 수령들에 대해서는 출척을 엄격히 시행해야 함을 강조하였다. 이에 그가 진정 원했던 관찰사의 모습은 순리적으로 일을 처리하고, 성리학적 이념에 기반한 도덕정치를 구현하는 것이라 할 수 있다.

04

조선의 브로맨스!
선비는 왜 임금을 그리워했나?

박도식_강릉문화원 부설 평생교육원 주임교수

1990년대에 미국에서 처음 사용된 브로맨스bromance는 2010년 이후 영화와 드라마 등의 대중매체에서 하나의 트렌드trend로 자리 잡았다. 브로맨스는 형제를 뜻하는 '브라더brother'와 사랑을 뜻하는 '로맨스romance'가 합쳐진 신조어로, 남성 간의 사랑에 가까운 진한 우정을 의미한다. 다음의 시 〈꿈에 임금님의 얼굴을 뵙다[夢見天顔]〉를 브로맨스의 관점으로 바라보면, 어촌 심언광과 중종의 관계가 얼마나 절절했는지를 알 수 있다.

외로운 신하는 동녘 임영으로 낙향했으나
해바라기는 어느 때고 해를 향해 그리워하네.
한끼 밥술 뜰 때도 대궐 잊은 적 없어
꿈에서 뵌 임금 모습 아직도 또렷하다네.

고신유락구동영(孤臣流落舊東瀛)
규곽상회향일성(葵藿常懷向日誠)
일반미증망북궐(一飯未曾忘北闕)
몽중천표상분명(夢中天表尙分明)

어촌은 일찍이 동궁을 보필하고 기묘사화 때 화를 입은 기묘명현을 조정調停한다는 김안로의 말을 믿고 경기도에 부처付處되어 있던 그를 조정으로 끌어들인 것이 화근이 되어 대간의 탄핵을 받아 고향 강릉으로 낙향하였다. 그러나 몸은 비록 떨어져 있을망정 마음은 언제나 임금에게 가 있었다. 해바라기가 해를 향해 기울 듯이 한끼 밥을 먹을 때조차도 마음은 대궐에 계신 임금을 잊은 적이 없다고 하였다. 이렇듯 간절히 그리워하는 정성이 하늘에 닿았는지 마침내 꿈에서 용안을 뵈었는데, 그 모습이 아직도 눈앞에 또렷하다고 하였다.

중종과 어촌은 임금과 신하 관계였지만, 서로 간에 끈끈한 브로맨스를 가장 잘 보여주는 것은 간쟁이다. 전제적인 군주국가에서 군주의 정치적 영향력은 실로 막대한 것이었다. 그러나 영명英明한 자질을 가진 군주라 할지라도 알게 모르게 과실을 저지르면, 그 과실은 국가의 정치에 큰 영향을 끼쳤다. 그러므로 올바른 정치를 위해서는 군주의 곁에서 군주의 과실을 바로잡아 주는 일이 필요했는데, 이러한 목적을 위해서 펼치는 언론행위가 바로 간쟁이었다.

조선시대에 간쟁의 업무는 사간원에서 관장하였다. 그러나 실제로는 사간원뿐만 아니라 대사헌·대간·홍문관도 상언上言·상소上疏·계啓의 방법을 통해 간쟁을 하였다. 이들 언관이 간쟁하는 방법은 크게 두 가지로 나눌 수 있다. 하나는 말(면전)로써 아뢰는 것이고, 다른 하나는 글(上疏·上書·箚子·封章)로써 올리는 것이었다.

어촌의 간쟁은 그 대부분이 홍문관·사헌부·사간원 등 이른바 언론삼사에 재직할 때 상소한 것과 경연강의를 통해 제시된 것이었다. 어촌이 올린 상소 중에서 가장 대표적인 것은 〈십점소十漸疏〉이다. 『중종실록』에는 이 〈십점소〉를 사헌부 대사헌 김극성金克成이 올린 것으로 되어있으나, 기사 말미 사신의 사평史評에는 사헌부 집의 심언광이 작성한 것으로 되어있다. 이는 김극성이 당시 사헌부의 수장이었기 때문에 사헌부 상소의 대표자로 그의 직함과 이름이 기록되었던 것이다.

상소문은 대개 도입부, 전개부, 종결부로 구성되어 있다. 도입부는 왕의 덕이 높음과 영명함 그리고 근면함 등을 칭송하는 것으로 시작하거나, 혹은 시책의 개선을 아뢸 정도로 나랏일이 문제가 많은 것에 대해 신하로서의 책임을 통감하는 반성도 함께 밝힌다. 전개부는 상소를 올리게 된 배경, 나랏일의 문제점과 원인 그리고 개선방안을 제시하는 부분이다. 종결부는 상소에 담긴 내용의 절심함을 다시 한번 아뢰고, 왕의 덕을 칭송하고 왕의 심기를 불편하게 한 상소자의 죄를 청하는 것으로 이루어진다.

어촌이 올린 〈십점소〉의 내용도 도입부, 전개부, 종결부로 구성되어 있다. 도입부의 내용을 보면 임금은 누구나 치안治安을 좋아하고 위망危亡을 싫어한다. 예나 지금이나 천하에서 위망이 잇달아 일어나는 까닭은 임금이 처음에는 잘 다스리다가 마무리를 잘 하지 못하기 때문이다. 전하께서 연산군의 폐정廢政을 이어받아 중흥의 융성을 꾀할 때 지난 일을 거울삼아 장래를 경계하시어, 저 해독을 씻어내고 화락和樂이 흐르게 하며 공경하고 두려워하는 마음으로 날마다 신중히 정사를 행하였다. 그러나 근년에는 마무리를 잘못해 중흥 초기에 비해 어그러지는 데가 있어 삼가 조목으로 아뢰어 만분의 일이라도 돕겠다고 하였다.

전개부에 해당되는 10개 항목은 후궁의 정사 간여를 배제할 것, 왕자녀 저택은 제도를 준수할 것, 재용財用을 절약할 것, 간신을 물리칠 것, 탐오한 수령을 징치할 것, 하늘의 경고[天譴]에 응하여 수성修省할 것, 경연에 충실할 것, 유학을 숭상하고 불교를 배척할 것, 무능한 대신을 멀리할 것, 간언을 수용할 것 등이었다.

이 가운데 어촌은 중종에게 간언을 수용하라고 다음과 같이 말한다. 전하께서 중흥의 초기에는 직언을 즐겨듣고 지나치게 곧은 신하를 포용하였다. 그래서 신하들은 조정에서 아뢰었고 초야에 있는 자는 다투어 소장疏章을 올렸다. 그리하여 아래의 뜻이 위에 통달하고 좋은 말이 감춰 있지 않은 것을 바랄 수 있었다. 선비가 간언하는 일을 귀중히 여기는 것은 언로言路가 통하는 것을 귀중히 여기는 것이요, 간언이 채용되고 채용되지 않는 것은 논할 것이 못 된다. 국왕이 직언에 몰려서 굴종하는 것은 간언을 따르는 것이라 할 수 없고, 속으로는 의심하면서 겉으로는 너그러이 용납하는 듯이 보이는 것은 즐겨듣는 것이라 할 수 없다. 대간이 말하지 않기를 바라고 대간이 말해야 하는데도 감히 말하지 못하니, 이는 성세盛世의 아름다운 일이 아니다. 우禹 임금은 착한 말에 대하여 절하고 탕湯 임금은 간언을 따르고 거역하지 않았다. 신하가 말하기를 꺼리는 것은 제 몸을 도모하려는 것이 아니다. 임금이 그렇게 만들고, 그런 길로 이끌기 때문이다. 전하께서 평소에 우 임금이나 탕 임금과 같게 되겠다고 자처하지만, 지금 하는 것은 폐조(연산군) 때 곧은 신하를 멀리하고 간사한 사람을 가까이 한 것과 다를 바 없다고 하였다.

종결부에서는 당 태종이 '정관의 치세[貞觀之治]'라는 큰 업적을 이룰 수 있었던 것은 위징魏徵의 간언과 태종의 종간從諫이 이룩한 결과라고 하였다. 위징이 당 태종을 섬길 때 〈십점소〉를 아뢰었는데, 당 태종은 그것을 병풍과 장막[屛帳]에 적어 아침저녁으로 살펴보았기에 '정관의 치세'가 있게 되었다는 것이다. 어촌은 잘 시작한 자가 반드시 잘 성취하지는 못하며, 처음을 잘한 자가 반드시 마지막을 잘하지는 못한다고 하였다. 따라서 "험한 곳을 지날 때는 항상 말이 넘어질 것을 근심하여 고삐를 잡고 매우 조심했더니 실수가 없었는데, 평지에 이르러서는 고삐를 놓고 스스로 방심했더니 갑자기 넘어지는데 이르렀다"고 한 옛사람의 말을 인용하며 나라를 다스리는 자 또한 이와 같다고 하였다.

당 태종이 즉위 초에 위징에게 "임금이 어떻게 하면 현명한 임금[明君]이 되고, 어떻게 하면 아둔한 임금[暗君]이 되느냐?"라고 물으니, 위징은 "여러 사람의 의견을 겸하여 들으면 명군이 되고, 한 사람의 의견을 편벽되이 믿으면 암군이 된다[兼聽則明 偏信則暗]"고 대답했다. 위징은 당 태종이 아무리 노여워해도 안색을 변하지 않고 직간하였다. 당 태종이 '정관의 치세'를 이룰 수 있었던 것은 위징의 허심탄회한 직간을 수용했기 때문이다. 어촌은 중종을 당 태종과 같은 임금이 되게 하여 '정관의 치세'와 같은 큰 업적을 이룰 수 있도록 성심껏 보필하였다.

어촌은 27세 때인 1513년(중종 8) 식년문과에 을과 5등으로 급제하여 중요 관직을 두루 거쳤다. 어촌의 관력을 살펴보면 30세 후반부터 40세 전반까지는 예조·병조·이조정랑을 위시한 육조의 낭관직과 홍문관·사헌부·사간원 등 언론을 담당하는 삼사의 요직을 역임하였고, 40세 후반 이후에는 이조·병조·예조·공조참판을 비롯하여 공조·이조판서, 함경도관찰사, 우참찬 등을 역임하였다.

그러나 어촌은 일찍이 김안로를 조정으로 끌어들인 것이 화근이 되어 1537년(중종 32)에 관직을 삭탈 당하게 된다. 어촌은 이에 앞서 동궁을 보필하고 기묘명현을 조정한다는 김안로의 말을 믿고 그를 적극 조정으로 끌어들였으나, 김안로가 재임용된 후 기묘명현을 전혀 복권, 등용하지 않았다. 게다가 김안로는 '동궁을 보필한다'는 핑계로 허항·채무택·황사우 등을 사주하여 정적이나 뜻에 맞지 않는 자를 축출하는 옥사獄事를 여러 차례 일으켰다. 그 결과 정광필·이언적·나세찬·이행·최명창·박소 등 많은 인물들이 이들에 의해 유배 또는 사사되었다. 어촌은 김안로에게 속임을 당했음을 후회하면서 "그때 여러 사람의 의논을 돕지 않았더라면 오늘의 후회에 이르지는 않았을 것이다. 내가 죽은 후에는 의당 멱모幎冒(사람이 죽으면 얼굴을 싸서 덮는 천)를 두텁게 하여 지하에서 여러 사람을 보지 못하도록 하라"고 하였다. 이 말을 들은 김안로는 어촌에 대한 유감이 특히 더 심했다고 한다.

김안로가 기묘사화 직후 이조판서까지 승진할 수 있었던 것과 귀양 후 방면·재임용되어 권력을 장악할 수 있었던 것은 동궁을 보필한다는 '보익동궁'이었다. 보익동궁의 근저에는 효혜공주를 며느리로 삼아 왕실과 연결되어 있다는 것이 깔려 있었다. 게다가 효혜공주와 김안로의 아들인 연성위 김희에 대한 중종의 총애는 대단하여 김안로의 기반을 더욱 공고하게 해주었다. 그러나 효혜공주와 연성위의 잇단 죽음은 김안로의 정치활동에서 중요한 발판을 상실하게 만들었다. 이에 김안로는 왕실과의 연계강화를 다른 방법으로 찾을 수밖에 없었다. 그러던 차에 김안로는 자신의 외손녀를 세자의 후궁으로 들이려고 했으나 어촌이 이를 반대하였다. 이로 인해 어촌은 김안로의 미움을 받아 평안도경변사로 나가게 되었고, 그 후에 함경도관찰사로 좌천되었다.

한편 좌의정으로 있던 김안로는 대간을 동원하여 윤원로·윤원형 등이 유언비어를 날조했다는 사실을 들어 축출하고 중종의 제2계비인 문정왕후를 폐하려고 획책하다가, 중종의 밀지密旨를 받은 문정왕후의 당숙인 예조참판 윤안인과 대사헌 양연에 의해 체포되어 절도絶島로 유배되었다가 곧이어 사사되었다.

중종은 김안로가 사사된 그날에 어촌을 소환하여 다시 공조판서에 임명하였고, 곧이어 의정부 우참찬에 임명하였다. 그러나 어촌은 앞서 김안로를 조정으로 끌어들인 것이 화근이 되어 대간의 탄핵을 받아 관직을 삭탈 당하게 된다. 이에 대해 사신은 "심언광이 김안로의 간계를 일찍 분변하지 못했고, 이미 김안로와 더불어 일을 하였으므로 공론이 용서를 해주지 않아 그의 고향으로 폐치되었다"고 평하고 있다.

관직이 삭탈된 어촌은 1538년(중종 33) 2월 24일 〈대궐을 나서면서[出國門]〉라는 시에서 다음과 같이 자신의 심정을 토로하고 있다.

> 새벽에 대궐문을 나와서
> 채찍질 멈추며 돌아보고 또 돌아보네.
> 소생이 고향에 돌아가는 것은
> 임금께서 재주 없는 나를 버리셨음이라.
> 직언은 참으로 참소의 근원이며
> 허명은 재앙의 씨앗이라네.

외로운 신하 아직 죽지는 않았으니
지금의 법령 성글기만 하구나.

효출청문로(曉出靑門路)
정편수루회(停鞭首屢回)
잔생환고토(殘生還故土)
성주기비재(聖主棄非才)
직도진참병(直道眞讒柄)
허명시화태(虛名是禍胎)
고신유불사(孤臣猶不死)
시망역회회(時網亦恢恢)

고향 강릉으로 낙향한 어촌은 해운정 서쪽에 '망서정望西亭'을 짓고 낚시질하고 술 마시며 시를 읊는 것을 스스로 즐거움으로 삼았다. 어촌은 명예롭지 못한 낙향의 처지일망정 군주에 대한 그리움을 항상 가슴 깊이 간직하고 있었다. 명예롭지 못한 낙향의 처지기에 오히려 연모의 정이 더욱 간절하였다. 어촌은 망서정에서 대궐을 바라보며 임금을 그리워하는 시를 지었는데, 그것이 바로 〈망서정望西亭〉이다.

한번 높은 정자에 올라 백번을 바라보니
아득히 구름바다 건너에 궁궐이 있구나.
이 몸은 영원히 궁궐에서 알현하지 못하니

꿈속에서 종남산에 들어갈 수 있기만 바라네.

일상고정망백회(一上高亭望百回)
초초운해격요대(迢迢雲海隔瑤臺)
차신영부승명알(此身永負承明謁)
유행종남입몽래(猶幸終南入夢來)

조정에 들어가 임금을 알현하지 못하던 어촌은 꿈속에서나마 궁궐에 들어가기를 희망했으나, 고향으로 돌아온 지 2년만인 1540년(중종 35)에 54세의 나이로 '망서당望西堂'이라 불리는 경호별업鏡湖別業에서 생을 마감하였다.

05

그 시절 선비들의 시詩·서書·화畵, 그리고 주酒

최호_전) 율곡연구원 부원장

조선은 불교를 이념적 기반으로 하였던 고려와 달리 성리학을 국시國是로 삼았다. 이는 조선 개국의 주역들이 고려 말 원元의 만권당에 유학하여 성리학을 익힌 문인들의 계보를 잇는 성리학도들이었기 때문이다. 그런데 만권당의 학문 경향은 시문서화詩文書畵 등 예술을 필수 덕목으로 하는 '학예겸수學藝兼修'의 특징을 지니고 있었다. 시문은 고래로 문사들이 닦아야 할 기본 교양이었으며, 성리학의 집대성자인 주자朱子는 서화를 '재도지구載道之具', 즉 도학을 실어 전달하는 도구라 하여 높이 평가하였다. 따라서 성리학에서는 처음부터 예술을 중시할 수밖에 없었다.

조선은 양반이 중심인 사회였다. 양반은 나라를 다스리는 두 계층, 즉 문인文人과 무인武人을 가리키는 말이다. 그런데 시대가 점차 흐르면서 양반은 문인 계층을 가리키는 말로 굳어졌다. 문인은 살아가는 목표가 분명했다. 학문을 닦아 도덕적으로 높은 경지에 오르는 것, 그리고 관리가 되어 백성을 잘 다스리는 것이었다. 그래서 이들은 평소에는 글을 읽으며 과거 시험을 준비하며 지냈다. '문인'이란 말도 여기에서 나왔는데 문인이란 평소 글을 많이 읽어서 글을 잘 쓰고 시를 잘 짓는 사람을 말한다. 이렇게 공부해서 과거에 합격하면 관리가 되어 벼슬길에 나아갔다. 그러고 나서 벼슬을 마치면 다시 고향으로 돌아와 온전히 문인으로서 책을 읽으며 수양을 쌓았다. 문인들은 관리 생활을 되풀이하면서 자연히 고향에서의 전원생활에 대한 향수도 깊어지게 되었다. 관리로 지내면서 정치의 소용돌이에 휩싸이는 것도 싫었겠지만 전원생활의 상징인 산 깊고 물 맑은 한적한 자연에서 다시 자유로운 생활을 하고 싶어 했다. 따라서 산수화는 문인들이 평소에 가지고 있던 마음속의 이상향을 그린 그림이다.

조선시대의 선비들은 지성과 감성이 조화를 이룬 인격체를 완전한 인간이라고 여겼다. 그리고 완전한 인간이 되기 위해서는 학문을 통해 지성을 배양하는 것 못지않게 예술을 통해 감수성을 키워야 한다고 생각했다. 따라서 선비들은 시모임을 만들어 정기적으로 시회를 여는가 하면, 그림을 그린 후 서로 돌아가며 감상하는 품평회를 빈번하게 가졌다. 풍류의 이면에는 이렇게 감성 훈련이라는 지상 과제가 있었던 것이다.

학문을 하는 선비들도 짬이 나면 붓으로 그림을 그리는 경우가 흔했다. 게다가 옛날에는 글씨와 그림은 뿌리가 하나라고 해서 그림을 잘 그리는 것도 선비의 높은 교양 수준을 나타내는 기준으로 인정해 주었다. 그래서 많은 문인과 학자가 그림을 그렸다. 이들을 문인 화가 또는 사대부 화가라고 부른다. '매화병제도'를 비롯해 여러 점의 산수화를 남긴 다산 정약용, '소림청장'을 그린 백사 이항복, 대나무와 매화를 소재로 삼아 '월야삼청'을 그린 미수 허목, 그리고 『열하일기』로 유명한 박지원도 '국죽도'를 그렸다.

시·서·화 삼절로 불리던 유명한 화가 강세황이 그린 산수화, 〈강상조어도江上釣魚圖〉를 보면 어느 한적한 강가의 풍경을 그린 듯하다. 멀리 산이 보이고 나무들 사이로는 마을 집들의 지붕이 보인다. 강가 언덕에는 큰 나무 몇 그루가 서 있고, 반대편에는 넓은 수면이 펼쳐져 있다. 이 강물 위로 작은 배 하나가 떠 있고, 배에는 선비인 듯 보이는 사람 하나가 혼자서 낚싯대를 드리우고 있다. 한가로운

이 어부의 모습은 어쩌면 벼슬살이를 마치고 고향에 돌아온 문인의 모습일지도 모른다. 자유로운 생활을 꿈꾸었던 문인이라면 아마도 이런 산수화에 그려진 삶을 꿈꿨을 것이다. 양반 문인들이 사회를 주도했던 조선 시대에는 이러한 이유 때문에 산수화가 많이 그려지고 또 많은 사랑을 받았다.

이러한 선비들의 '계산풍류溪山風流'는 선비가 자연 속에서 스스로 삶의 의미를 반추하고, 심성 수양을 통해 인격을 도야하는 것이다. 그래서 정자를 지어놓고 혼자 지은 시도 많지만, 그러한 정자에 시사詩社·시계詩契도 열어 시도 짓고, 승경을 감상하기도 하였다. 그 대표적인 시사가 정약용이 중심이 된 죽란시사竹蘭詩社이다. 여기서 선비들은 살구꽃이 처음 피면 한 번 모이고, 복숭아꽃이 처음 피면 한 번 모이고, 한여름에 외가 익으면 한 번 모이고, 초가을 서늘할 때 서지西池에서 연꽃 구경을 위해 한 번 모이고, 국화가 피면 한 번 모이고, 겨울철 큰 눈이 내리면 한 번 모이고, 세모歲暮에 분매盆梅가 피면 한 번 모이되, 모임 때마다 술·안주·벼루 등을 갖추어 술 마시며 시 읊는 데에 이바지한다. 모임은 나이가 적은 사람부터 먼저 모임을 마련하여 나이 많은 사람에 이르되 한 차례 돌면 다시 그렇게 한다. 아들을 낳은 사람이 있으면 모임을 마련하고, 수령으로 나가는 사람이 있으면 마련하고, 품계가 승진된 사람이 있으면 마련하고, 자제 중에 과거에 급제한 사람이 있으면 마련한다. 이와 같이 죽난시사의 선비들은 유가의 전형적인 선비들의 성정이 자연과 인간의 공존에 있으며 더불어 공감하는 데 있음을 보여준다.

조선 중기의 시인들 가운데 가장 유명한 이들은 이른바 삼당시인

리 잡게 되면서 기존의 송설체보다는 사상을 강조한 왕희지체가 유행하게 되었다.

조선시대에는 시·서·화 가운데 시의 위상이 가장 높았다. 그 다음으로 위상이 높았던 서書, 즉 글씨는 대체로 시와 함께 평가되는 경우가 많았다. 하지만 글씨 그 자체로 대우를 받았던 사람도 없지는 않은데 유명한 석봉石峯 한호韓濩를 대표로 꼽을 수 있겠다. 한호는 중인 집안 출신인 것으로 전해지는데, 글씨를 잘 쓴 나머지 중인 최초로 사자관寫字官 자리에 올랐다. 남창南窓 김현성金玄成은 한석봉과 한 살 차이로 비슷하고, 율곡 이이와는 같은 과거에 합격한 동방급제 친구 사이였던 인물이다. 그런데 주위 사람들이 김현성을 부를 때는 '김공'으로, 한석봉을 부를 때는 '한군'으로 불렀다고 한다. 결국 신분의 차이인 것이다. 김현성은 최고의 송설체로 불릴 만큼 글씨를 잘 썼지만 결국 한석봉에게 밀렸다. 신분이나 글솜씨에도 불구하고 한석봉이 유명해진 것은 그의 글씨가 얼마나 뛰어난지에 대한 반증이라고도 할 수 있다.

조선시대 선비들이 시서화를 중하게 여기긴 했지만, 여기에는 한 가지 원칙이 있었다. 손끝의 잔재주 대신에 정신의 품격으로 그림을 그리고 글씨를 써야 한다는 것이었다. 추사 김정희는 "가슴 속에 만 권이 책이 들어 있어야 그것이 흘려 넘쳐서 그림과 글씨가 된다."고 하였다. 이 말이 의미하는 바는 바로 '서권기書卷氣 문자향文字香'이다. '서권기'란 책에서 나오는 기운을 말하며, '문자향'이란 글자에서 나오는 향기를 뜻한다. 물론 아무나 서권기 문자향의 경지에 다다를 수는 없었다. 그만큼 풍부한 학식과 고매한 인격이 뒷받

침되어야 가능한 일이었다.

우리 민족이 즐겨 마시는 술은 크게 청주淸酒와 탁주濁酒로 나뉜다. 술은 거른 형태에 따라 청주와 탁주로 나뉘며, 또 이를 기준으로 자연스럽게 고급술과 대중술로 나뉜다고 볼 수 있다. 탁주는 거르지 않아 누런 색깔을 띤다고 해서 황주黃酒라고도 불렀다. 옛 사람들은 술꾼들의 은어를 빌어 소주인 청주를 '성인聖人'으로, 탁주를 '현인賢人'으로 표현하기도 했다.

조선 초기 청주, 즉 소주는 특정계급인 양반들에게만 접근 가능한 기호품이었고, 사치스런 고급주로 인식됐다. 그 이유는 곡식을 발효시켜 증류하기 위해서는 많은 양의 곡식이 필요했기 때문이다. 그래서 조정에서는 곡식 낭비를 이유로 소주를 금지하자는 간언이 있기도 했다. 반면 조선의 백성들은 주로 탁주를 즐겨마셨다. 탁주는 백성의 술로, 거르지도 짜지도 않고 그대로 마시는 술이다. 그래서 조선시대 문인 정희량鄭希良은 이를 '혼돈주混沌酒'라고 불렀다.

〈혼돈주가混沌酒歌〉

내 막걸리 내 마시고[我飮我濁]

내 천성을 내 보존하네[我全我天]

내가 스승 삼는 술은[我迺師酒]

성인도 아니고, 현인도 아니네[非聖非賢]

정희량은 비운의 인물이었다. 그는 백성들의 지지를 받았지만 조정의 관료들과 기득권층은 그를 인정하지 않았다. 그는 무오사화로 인해 김해로 유배간 뒤 집으로 돌아왔다가 어느 날 산책 간다고 사라져 신선으로 화했다는 소문까지 돌았다. 그가 세상을 한탄하며 탁주인 막걸리를 혼돈주라 이름 한 것은 어쩌면 백성들의 한이 그 술에 담겨 있기 때문이다. 이처럼 혼돈주, 즉 탁주는 백성들의 술이었다. 그래서 조선시대 그 숱한 금주령 시대에도 살아남을 수 있었다.

술은 인간을 자연과 벗하게 만든다. 그렇기 때문에 옛 선비들은 자연과 인간이 술을 매개로 하나가 되는 시를 남겼다.

〈박효백을 찾아서[歷訪朴孝伯]〉

그대를 만나 옛이야기 하면서[逢君話疇昔]
애오라지 막걸리를 스스로 따르네[濁酒聊自斟]
미풍이 새 죽림에 일어나자[微風動新竹]
때때로 매미 소리 들리누나[時有一蟬吟]

사단칠정론으로 유명한 고봉 기대승이 지은 시다. 그는 홀로 막걸리를 자작하며 늦여름 대나무 숲에 앉아 간간히 들려오는 매미 소리와 미풍에 흔들리는 대숲의 소리에 감동을 받고 있다. 그는 박효백과 천고千古의 옛 이야기에 취하고 자연의 소리에 취하여 서로 술잔을 권하는 것을 뛰어넘어 스스로 잔을 따라 먹는 장면을 그리고 있다. 그 속에 나타나는 탁주는 그 어떤 고금의 미주美酒보다 자연과 일치하는 술이라는 것을 우리에게 전해주고 있다.

〈눈 오는 날 서쪽에 사는 이웃을 방문했다가 취해서 돌아온 뒤 감사의 뜻을 붙여 보내다[雪中過西鄰醉歸寄謝]〉

탁주는 물론이요 거기에 청주까지[濁酒兼淸酒]
그대의 집 어쩜 그리 내 집 같은지[君家似我家]
술잔 깊숙이 눈 조각 녹아들고[深盃融雪片]
등불 꽃에 좋은 시구 떠올랐노라[好句入燈花]
슬픔 기쁨 넉넉히 맛본 부평초 인생[浮世悲歡足]
막다른 길목 접어들자 의기가 더욱 솟아나네[窮途意氣加]
멀리 전송받고 취해서 돌아온 길[醉歸煩遠送]
싸늘하게 반달이 떠 있더이다[寒月半輪斜]

계곡谿谷 장유張維는 효종의 장인이자 대시인이다. 그가 눈 오는 날 서쪽 마을에 사는 이웃을 방문했다가 주인이 내주는 탁주와 청주를 한잔 마셨다. 당시 장유는 광해군 시절에 무옥誣獄으로 고통을 겪던 시절이었다. 그래서 그는 자신의 시에서 '슬픔과 기쁨을 넉넉히 맛본 부평초 인생'이라고 본인을 묘사하고 있다. 계곡이라는 호가 말해주듯 장유는 자연을 벗 삼았던 인물이다. 자연 속에서 보통의 사람들과 즐기면서 사는 인물이었기에 그가 좋아하였던 술은 시에 나오듯 탁주였다. 막걸리를 마시다보니 거나하게 취하게 되었고, 집주인은 자신이 아끼는 술인 청주를 꺼내어 들고 나온다. 이에 장유는 주인이 가지고 온 청주를 칭찬하며 즐겁게 술을 마신다.

모든 술이 다 그러하겠지만 선비들은 특히 탁주를 통해 자신이 내면을 승화시키고, 자신의 삶을 되돌아보는 매개로 사용했다. 또 여러 지인들과 밤을 새워 술을 마시며 대화하는 모습을 통해 당시 선비들의 술자리가 단순히 의례를 갖춘 향음주례만이 아닌 진정한 소통의 자리였음을 알 수 있다.

06

그 시절 선비들의 반려품, 문방사우

김자영_봄봄콘텐츠 대표

문방사우, 벗처럼 가까이 하라

많은 시간을 머무르며 학업에 몰두하는 선비들의 방에는 '문방사우'가 빠지지 않았다. 문방사우란 종이, 붓, 벼루, 먹을 말하는데 이것들을 친구처럼 가까이 하라는 뜻이다. 선비들은 하루의 시작을 연적에 담긴 물을 벼루에 붓는 것으로 시작한다. 물이 섞인 벼루를 사각사각 갈아 먹물을 내고, 붓털에 먹물을 묻혀 새하얀 종이 위에 글씨를 쓴다. 하루 종일 글방에 앉아 문방사우를 벗 삼아 해가 저물 때까지 쓰고 또 쓰기를 반복했을 그 시절의 선비의 모습. 이처럼 학예學藝를 갖추는 것은 물론이고 늘 배움의 자세를 잊지 않고 수기修己하여 입신양명立身揚名의 뜻을 세우고자 하는 선비 정신에는 문방사우가 함께 했다.

일필휘지一筆揮之라는 말이 있다. 직관적으로 보이는 뜻 그대로 풀이하자면 붓을 한 번에 휘둘러 줄기차게 써내려가는 것을 말한다. 들숨과 날숨의 여백 없이 단 한숨에 글씨를 힘 있게 쓰는 모습을 가리키는 표현이겠다. 일필휘지의 순간에는 공기조차 숨을 죽인다는 생각이 들 정도로 사위가 고요하다. 붓끝에서 피어나는 묵향만 허락될 뿐이다.

오직 한지와 붓만 맞닿을 수 있는 시간. 한 치의 오차 없이 강렬하게 내리 꽂는 묵법 앞에서 글자 하나가 힘 있게 펄떡 거린다. 탁탁, 불꽃이 터지는 듯한 먹선 앞에선 한지 위에 글자들이 운율처럼 넘실댄다.

하나의 색깔이지만 세상의 어둠과 빛을 다 포용하고 있는 먹은,

붓의 털 가닥 가닥을 모아 어깨를 겨누며 파도 형상을 만들어내기도 하고, 또 어느 곳에서는 여백으로 강렬한 잔상을 남기기도 한다. 한지와 먹, 하얀색과 온전한 검은색, 대립되는 두 요소가 아슬아슬하게 공존하면서도 절묘한 조화를 이루는 세계. 음과 양, 시간과 공간, 찰나와 영원 사이의 미묘한 경계의 교차점에서 선비들은 아름다운 풍정을 노래하기도 하고, 애민의 들끓는 심정을 토해내다가도 군주를 향한 가슴시림에 붓끝을 꺾기도 한다.

그 시절, 생生과 사死를 걸면서까지 기개를 지켰던 조선시대 선비들의 문방사우에는 저마다의 혼이 담겨 있었다.

조선조 500년 글쓰기의 완성이라 불리는 조선의 문인 이건창은 동료들로부터 작문의 비법에 대한 질문이나 서신을 받을 때마다 "작문에는 특별한 비법이 없다. 옛 문인들 가운데 훌륭한 이들은 다만 글을 많이 읽어보고 끊임없이 스스로 글을 지어보는 다독과 다작이 글쓰기 향상에 가장 좋은 방법"이라고 했다. 이건창은 글쓰기에 특별한 전수법이 있는 것이 아니라, 오로지 많이 짓고 많이 고치며 쓸데없는 것을 깎아내는 데 주저하지 말아야 한다고 전한다. 그러면서 "선비는 항상 지필묵紙筆墨을 지녀야 한다"고도 덧붙인다.

지필묵은 종이와 붓, 그리고 먹을 말한다. 여기에 벼루를 뜻하는 연硯을 더하면 지필묵연이 되겠는데 이는 필기할 수 있는 도구를 의미한다. 지필묵 중 특히 붓은 단순히 글씨를 쓰는 필기구 이상의 의미를 넘어선다. 붓에는 권력에 맞서 바른 소리를 마다하지 않는 선비의 기개가 서려 있으며 시와 그림을 즐기는 이들의 멋과 기품도 담겨 있다. 붓은 단순한 도구로서의 가치를 넘어 선비정신을 상징하기도 한다.

붓 한 자루를 주며 담수와 이별하다

한 자루 붉은 붓을 주인에게 선물하니
종이 위를 내딛는 바람에 모두 놀라네.
친구가 전하는 마음 정히 받아 주리니
꽃 피워 이적선 자취 밟아주기 바라오.

벗을 향한 어촌의 우애가 두텁게 느껴지는 시이다. 먼 길 떠나는 친구를 향한 애틋한 마음을 붓에 담아 선물하는 심언광의 따뜻함이 정겹게 다가온다. 짐승의 털을 추려서 모아 원추형으로 만든 후 고정시킨 형태의 붓은 주로 토끼털, 양털을 비롯해 너구리, 족제비, 사슴, 말, 노루 등의 털을 사용한다. 털이 부드러운 붓은 유호필이라고 불렀으며 탄력이 큰 털로 만든 붓은 강호필, 부드러운 털에 강한 심을 박은 붓은 겸호필이라고 한다. 우리나라에서는 주로 족제비의 털로 만든 붓이 오랫동안 사용되어 왔다고 알려진다. 새 붓은 풀이 먹여져 있어 빳빳해서 처음에는 손이나 나뭇가지를 이용해 붓의 빳빳함을 풀어준다고 한다. 붓 한 자루에 선비정신의 가치와 선물의 각별함을 노래한 심언광의 서정이 붓 끝에서 종이 위로 잔잔하게 새겨지는 듯하다.

우연히 읊어 자강에게 부치다

북녘 땅 아득하게 바다 빈곳 끌어당기고

오랑캐 바람 비를 몰아와 말채찍 휘둘렀네.
활과 칼을 차고서 천리를 정벌하고
시와 서를 덮고서 10년을 분투했네.
두만강 깊은 물에 붓을 던져 버리고
백두산 정상에 용천검을 걸어 놓았네.
한나라 명장 이광이 초췌한 모습으로 돌아왔으나
술취한 패릉위가 어찌 노련한 솜씨를 알았겠는가.

벗에게 붓을 선물할 정도로 곧은 심지를 지닌 심언광은 외압에 굴하지 않고 바른 것을 지키고 나아가려는 그의 본성을 붓을 빌려 시로 담아냈다. 모진 세파에 휩쓸린 자신의 처지를 꿋꿋하게 받아들이면서도 두만강 깊은 물에 붓을 던져 버리고 백두산 정상에 용천검을 걸어 놓았지만 언젠간 지금의 처지에서 벗어날 수 있을 것이다라는 스스로에게 건네는 희망이 돋보인다.

인천 해안역에서 밀물 썰물을 구경하다
가만히 살피니 하나의 이치가 들숨 날숨에 맡겨져
썰물 갔다가 밀물 오는 것이 옛과 지금을 이루네.
천지가 차고 비는 것에 수가 있음을 알겠고
음양이 사라졌다 생기는 것은 무심히 그렇도다.
요 임금은 홍수를 만나 언덕과 산이 사라졌지만
우 임금은 용문산 뚫어 여수와 한수를 깊게 했다네.
이렇듯 웅장하고 기이한 형상 표현하기 어려운 것은

직접 가서 보지 않고 붓끝으로만 읊기 때문이라오.

어촌 심언광은 풍류를 알고 또 풍류를 즐길 줄 아는 선비였다. 세상의 풍파에 흔들리는 와중에도 그는 찰나의 아름다움을 눈에서, 마음에서 놓치지 않았다. 그렇게 흔들리는 풍경을, 자신이 마주한 아름다움의 순간을 붓 끝에 담아내기를 힘썼다. 위 시에서는 인천 해안역에서 겪은 밀물과 썰물 현상을 보고 난 후 '옛과 지금'이라고 표현한 부분이 참으로 인상 깊게 다가온다. 그의 은유가 순백색의 곱고 부드러운 종이 위에 깊게 스며든다. 480여 년의 세월을 거슬러 질기고 견고한 화선지를 펼치자 오랫동안 숨을 고른 어촌의 시어詩語들이 활어처럼 생동감 있게 살아 움직이면서 눈앞에 그대로 전달되는 듯하다. 하지만 그럼에도 어촌 그 자신이 시에 언급했듯이 심혈을 기울여 최대한 묘사해 보지만 직접 보는 것만큼 다다를 수 없다는 아쉬움 역시 짙게 나타나 있다.

호숫가 집

작은 집 지음에 참으로 은자의 거처니
한가로이 지내며 배고픔 달랠 만하네.
담장은 낮아 구름도 쉬이 넘나들고
창은 고요하여 달이 먼저 엿보네.
대나무 심어 황량한 빈터를 잇고
여라덩굴 끌어다 낮은 울타리 덮었네.
깃들어 지내도 할 일은 많으니

아침 저녁 일과로 시를 읊조린다네.

당대 촉망받는 인물이었으나 정치 상황에서 밀려나면서 강릉으로 낙향한 심언광은 초로의 고독감을 시로 풀어냈다. 호숫가 작은 집, 그야말로 경포호가 멀리 바라다 보이는 곳에 시를 써 내려갔을 어촌의 모습이 어렴풋이 그려지는 듯하다. 그의 시에도 언급되는 '해운정(보물 183호)'은 심언광이 강원도 관찰사로 있을 때 건립한 정면 3칸, 측면 2칸의 팔작지붕 건물로 강릉에서는 오죽헌 다음으로 오래된 건물이다. 겉은 소박하고 안쪽은 세련된 조각으로 장식한 별당건물이라는 설명처럼 은근한 아름다움이 바로 해운정의 미학이겠다.

대사간, 부제학, 이조판서, 공조판서, 우참찬, 좌참찬 등의 요직을 두루 거치면서 탁월한 행정가였지만 김안로를 만나면서 정치적 부침을 겪은 심언광에게 해운정은 또 다른 안식처가 되지 않았을까.

사람을 너무 믿었던가. 아니면 희망을 너무 품었던가. 이치와 경위가 맞지 않는 것을 보게 되었을 때 모른 척 지나가는 것이 아니라 잘못된 것을 바로 잡아주어 바른 길로 나아가게 도와주는 것이 붓을 잡은 선비의 정신이라 여겼던 심언광에게 세상은 매몰찼다.

어느 누구에게는 한나절의 고상한 정취였겠으나 어촌에게는 진심이었던 그 시절의 문방사우. 벼루와 산통, 죽간, 교지 등 그가 남긴 유물에 선비의 정신적 가치를 중시해 온 그의 뜻이 잘 담겨 있다.

글방의 으뜸은 먹과 벼루라고 하지만 이를 받아내는 종이가 시원치 않으면 아무리 진한 묵향도, 일필휘지의 글씨도 단 한 순간 사라져 버리기 마련이다. 조선시대 어촌 심언광 시가 재조명 되고 있는 이유는 담백하고 소박한 그의 정서가 현재를 살아가는 우리에게 오래 보관해도 부패하지 않고 여러 번 접어도 손상되지 않는 종이처럼 다가왔기 때문 아닐까 생각해 본다. 먹을 갈고 새하얀 종이 위에 붓을 들어 일필휘지로 시대를 써내려가는 심언광의 글씨가 다시금 아로새겨진다.

제2부

어촌 선생이 들려주는 강릉 이야기

07

어촌 시에 담긴 봄·여름·가을·겨울의 서정

김자영

이 글은 강릉문화원에서 개최한 '제6회 어촌 심언광 문학의 밤-한시콘서트'에서 낭독한 원고를 수정·보완한 것이다.

세상의 모든 꽃이 아름다움을 피어내는 풍경에도, 뺨을 스치듯 불어오는 바람의 부드러움 속에서도 시간은 꿋꿋하게 흐르고 또 흐른다. 2019년도 어느새 부지런히 흘러 새로운 2020년을 맞이하기 위한 출구로 나서고 있다. 우리의 삶이 어떤 표정을 짓든 간에 시간은 참으로 무심하게 흐르는 듯하다. 오늘의 우리를 바라봐 주고 위로해 주는 것 또한 새로운 타인이 아니라 이렇듯 흐르는 시간 속에서 오랫동안 애정을 나눈 사람과 함께 나눈 풍경이 아닐까.

그렇게 풍경 속에서 사람들과 함께한 시간들은 켜켜이 쌓이고 쌓여서 현재를 살아가는 큰 힘이 되어 주기도 한다. 소중하게 기억된 시간은 어느 날엔가 불쑥 다가와 지친 일상을 토닥거려주기도 하고, 슬픔 앞에서 견딜 수 있는 힘을 선물하기도 한다. 또 익숙한 상처와 통증은 어른이 되기 위한 성숙함을, 평범한 하루가 무료하다고 느껴질 때면 소중하게 간직된 추억들이 열매를 맺어 시간의 서랍을 열어 준다.

조선시대 어촌 심언광 시인의 시간은 어땠을까? 그가 흘려보낸 시간과 그 속에 마주한 계절의 풍경, 그리고 마음의 나날들이 문득 궁금해진다. 850수에 이르는 심언광의 시편들에는 평탄하지 않았던 굽이굽이에서 마주한 희로애락의 감정을 노래한 작품들로부터, 변방을 순행하며 느낀 감회와 또 나라 곳곳을 유람하며 그 풍정을 노래한 작품들에 이르기까지 다채로운 정감의 세계가 펼쳐져 있다. 심언광의 눈에 비친 조선시대의 사계절의 풍경, 그리고 어촌 심언광이 한시로 담아낸 마음의 온도, 그 희로애락의 감정을 봄, 여름, 가을, 겨울로 나눠서 정리해 보았다. 심언광 시인 삶 속에 녹아든 계절의 아스라한 풍경을 지금부터 꺼내 본다.

그리움은 꽃망울에서부터 톡톡 터진다

새순을 피워내는 봄이 똑똑, 문을 두드린다. 대지를 뚫고 푸릇푸릇한 싹이 돋아 오른다. 겨우내 움츠러들었던 풍경들이 봄 햇살에 생기 있게 되살아나기 시작한다. 삶의 부침 속에서도 계절은 늘 같은 자리에서 우리에게 '봄'이라는 선물 같은 희망을 준다. 푸른빛 하늘에 수놓아진 겹겹의 봄이 계절의 시작에 대한 기대감을 불러일으킨다. 봄바람 속에 대관령 너머 고향 땅, 강릉의 봄이 아른아른 피어오른다. 그리움은 고운 아지랑이 되어 내 고향 강릉의 산과 들판 위에, 호수와 바다 위에서 넘실넘실 춤을 추고, 봄내음, 봄햇살, 봄바람이 남실남실 거리자 눈부신 햇살 아래 봄꽃이 피어난다.

빗속에서 우연히 읊어 손도원에게 부치다
선명도 해라 어젯밤 꿈에서 본 관동은
꿈속 내 고향은 푸른빛이 몇 겹이었나.
기억이 나네 고향 뜨란 3월이 저물 때면
복사꽃 붉은 꽃잎 이슬비에 젖는 모습.

여름의 뜨거움으로 삶을 껴안다

가까운 듯 멀리 있는 고향의 봄은 참으로 아련하고 아득하게 느껴진다. 복사꽃잎처럼 발그레 피어내던 봄은 짧은 기억 속에 순식간에 지나가 버린다. 그리움과 설렘을 눈앞에 펼쳐 놓으면 고향의 봄이 내 곁으로 다시 올까? 봄이 선사한 꽃망울 끝에 아침이슬 같은 눈물이 맺힌다. 그리고 눈물은 그리움이라는 감정 앞에서 톡, 톡, 터지고 만다. 미처 눈길을 주지 못했던 봄 풍경이 단 한 번의 눈깜빡임으로 인사도 없이 떠난 그 자리에 초록빛 여름이 무르익고 있다. 우르르쾅쾅! 여름이 푸른 시동을 요란하게 걸고 있다.

소나기

하룻밤 하늘에서 우사에게 명을 내려
은빛 웅덩이에 질펀하게 쏟아 부었네.
소리는 해하에서 수천 군사를 물리치는 듯
기세는 곤양에서 수만 말들이 달리는 듯,
들판에서 소치던 아이 옷이 반이나 젖으니
집안 아낙네 왜가리 울음에 근심에 잠기네.
휘도는 바람 땅을 말아 늦더위를 몰아가니
가을 기운 뒤섞이며 9월인 듯 착각게 하네.

가을의 넉넉함처럼 마음을 열다

계절은 때론 변덕스럽게 우리에게 다가온다. 여름밤의 달짝지근한 바람이 머물고 있는 그 자리에 갑자기 먹구름이 찾아와 맹렬한 기세로 장대비를 쏟아낸다. 세차게 쏟아지는 빗소리는 마치 해하의 싸움에서 수천의 군사를 물리치는 듯하고 그 기운은 곤양의 땅에서 수만 마리 말들이 달리는 듯하다. 계절은 우리와 참 많이 닮아 있다. 어느 날은 대지에 내려 꽂히는 듯한 강렬한 햇살을 선사하는가 하면, 또 어떤 날에는 미처 준비할 새 없이 거센 폭풍우를 몰아치며 고요한 일상을 깨우기도 한다. 시간의 순리를 그대로 받아들이며 계절이 자연의 힘으로 채워지는 것처럼 우리의 삶 역시 희로애락을 겪으며 인생의 여정을 단단하게 채워나가는 중 아닐까. 비바람이 쓸고 간 자리에도 풀잎의 향기는 남아 있다. 그렇게 계절은 흐르고 우리의 삶도 무르익고 있다. 지금 우리의 계절은 많은 결실을 맺는 가을의 터널에 들어서 있다.

월성의 가을 흥취

강마을 밤 기운데 달빛 물결 생겨나고
온산엔 비단 수놓은 단풍숲 가득하도다.
소슬한 새벽 구름 가을 흥취 일으키고
국화꽃 수유나물죽 쟁반 속에 벌여 있도다.
종려신발 춤추는 달 오동나무 모자에 기우나니
빛깔 좋은 술 그대에게 드리니 사양하지 말게나.

제나라 경공 헛되이 우산에서 눈물 흩뿌렸고
한나라 무제 부질없이 추풍사를 읊었도다.

시간 속에서 만난 사계절, 그리고 삶

바람이 지나간 자리에 달빛 물결이 가을날의 정취를 오롯이 느끼게 해주는 것 같다. 형형색색으로 물든 단풍의 찬란한 전경은 자연이 우리에게 준 낭만의 선물과도 같다. 한 폭의 풍경화처럼 가을밤이 주는 낭만과 풍류가 어촌 시 곳곳에 넘실댄다. 흥취를 돋우는 소박하면서도 풍성한 경치를 바라보니 자연의 유한함도 느낀다. 가을밤의 아름다움이 곧 저물어가는 것처럼, 우리의 삶에서도 언젠가 마음을 내려 놓아야할 때가 찾아오겠지…. 이제는 세상에 대해 조금 안다고 생각하지만 사실 우리 모두는, 모르는 시간을 걷고 있을 뿐이다. 바짝 마른 잎들은 바람에 흔들리며 사각사각 소리를 내고, 그러면서도 쉽게 떨어지지 않는다. 낙엽을 떨구어내는 만추의 여정에도 용케 나무에 붙어 있는 나뭇잎 하나가 기특하기까지 하다. 강마을에는 눈이 소복하게 쌓여가고 소나무 숲은 눈꽃을 피우며 적요의 계절을 맞이할 준비를 하고 있다. 긴 겨울을 보내고 나면 다시금 싱그러운 모습으로 희망의 봄을 맞이할 수 있을 것이다. 희망이 깃든 자리에 하이얀 겨울의 휘장이 쏟아져 내린다.

봄, 여름, 가을, 그리고 겨울… 지금까지 어촌 심언광 심상에서 사계절의 풍정을 만나 보았다. 어촌 심언광 심상에서 만난 사계, 우리의 마음은 지금 어느 계절에 머물러 있을까? 웅성거리는 사람들 속에서, 하염없이 흐르는 시간 속에서, 담담하게 변화하고 있는 계절의 풍광 속에서 모두들 다음 여정을 기다린다.

창방과 함께 경포에서 노닐다

황혼에 눈이 내려 강마을에 인적이 끊기고
십리 소나무숲 줄지어 횃불을 밝혀 놓았네.
천년승지 이곳을 하늘도 관할치 않으셨나니
멋진 풍광 맡기고자 그대 행차하게 하셨네.

08

어촌이 그린
관동과 강릉의 풍경

박영주_강릉원주대학교 교수

강릉 출신의 문인 어촌 심언광은 우리 문학사에서 16세기 전반을 대표하는 시인 가운데 한 사람이다. 850수에 이르는 그의 시편들에는, 평탄하지 않았던 인생살이의 굽이에서 마주한 희로애락의 감정들이 실로 다채롭게 펼쳐져 있다. 일상의 삶에서 생겨나는 기쁨과 슬픔, 나라 곳곳을 유람하며 바라본 풍광, 친하게 지내던 이들과 주고받은 정담, 변방을 순회하면서 느낀 감회, 사랑하는 사람을 잃은 아픔을 노래한 작품들이 들려주는 '뜻이 건실하고 감정이 풍부하며 표현이 아름다운[健富麗]' 정감의 세계가 그것이다.

어촌의 한시 가운데에는 관동과 강릉의 산수풍경 및 생활풍정을 노래한 시편들이 많다. 이러한 시편들은 어촌이 강원도 관찰사로 재임하던(1530년) 시절에 지은 작품들을 엮은 『관동록東關錄』, 만년에 강릉으로 낙향한(1538년) 이후 세상을 뜰 때까지의 시기에 지은 작품들을 엮은 『귀전록歸田錄』에 수록되어 있다.

전통시대 '관동'으로 통칭된 강원도는 우리나라 국토 전체로 볼 때 남방과 북방의 중간 지점에 위치해 있는데다, 지역 내에서도 남북으로 길게 이어진 산간과 해안을 동시에 아우르고 있기에, 문화적 복합성을 띠고 있는 것이 두드러진 특징이다. 그 가운데서도 오늘날 '영동'으로 일컫는 강원도 동해안은 남방계·북방계 문화가 다채롭게 공존하는가 하면, 산간문화와 해안문화가 나름의 개별적 특색을 면면히 유지하고 있다. 그러면서도 이들 산간 및 해안문화의 복합과 조화가 빚어내는 특유의 문화공간과 문화유산을 풍부하게 간직하고 있다.

관동 가운데서도 동해안에 위치한 고을들에는 여느 지역에서는 마주하기 어려운 풍광이 연출되는 경우가 빈번하다. 관동 동해안 고을들은 서쪽으로 태백준령이 우뚝이 자리하고 있으면서, 그로부터 동쪽으로 뻗어내린 산줄기가 급경사를 이루면서 해안에 다다르는 지형적 특색을 이루는 경우가 대부분이다. 그리하여 높고 낮은 산등성이, 울창한 숲과 계곡, 드넓게 펼쳐진 바다를 두루 조망할 수 있는 풍광들이 펼쳐지기도 한다. 어촌의 다음과 같은 시는 이를 실감할 수 있는 예다.

「울진 능허루 시에 차운하다」

산줄기 남으로 이어지다 동쪽 모퉁이에 절벽을
절벽 아래 누각 한 채 참으로 기이한 자리로다.
흰 새는 멀리멀리 삼신산 찾아 날아가고
푸른 하늘은 나직히 드넓은 바다에 드리웠네.
우주의 이치 그윽이 더듬어서 시상을 채우고
영웅에게 높이 읍하며 잃어버린 시를 찾아보네.
말머리에 닿는 풍광, 가는 곳마다 절경이니
느릿느릿 걷는 모랫길, 길 더디가도 좋구려.

「次蔚珍凌虛樓韻(차울진능허루운)」

山連南紀截東陲(산연남기절동수)
山下孤城境最奇(산하고성경최기)
白鳥遙尋三島去(백조요심삼도거)
碧天低入九溟垂(벽천저입구명수)

冥搜宇宙充吟料(명수우주충음료)

高揖英雄索逸詩(고읍영웅색일시)

馬首風煙隨處好(마수풍연수처호)

緩驅沙路不嫌遲(완구사로불혐지)

참으로 멋진 곳에 자리잡은 누각 한 채, 능허루. 산줄기가 남으로 이어지다 동쪽 모퉁이에서 깎아지른 절벽을 이루더니, 그 절벽 아슬한 곳에 자리를 잡고 있다. '허공을 깔보는 누각', 정말 이름과도 방불하다. 눈앞에 펼쳐진 바다, 흰 새는 멀리 날아 돌며 삼신산을 찾아간다. 수평선 끄트머리, 푸른 하늘이 드넓은 바다와 맞닿고 있다.

절로 시심이 솟아난다. 세속에서는 맛보기 어려운 정취, 우주의 이치를 그윽이 더듬으며 시상을 채우고, 절창을 남긴 영웅(시인묵객)에게 읍하며 그들이 남긴 시를 찾는다. 이윽고 바닷가를 따라 발걸음을 옮긴다. '말머리에 닿는 풍광마다 절경'이 펼쳐진다. 음미하며 걷는 모랫길, 말걸음 발걸음 느릿느릿, 더디 가도 좋기만한 길!

울진 '능허루'에서 조망하는 절묘한 경관과 흥취를 노래하고 있다. 누각이 자리잡은 위치와 풍광을 멀리 또 가까이 시선을 옮겨가며 묘사하는 가운데, 솟구치는 시심詩心을 들뜨지 않게 노래하고 있다. 시인의 눈에 포착된 사물과 정경들이 개성적인 감각을 통해 그림처럼 펼쳐진다. 집을 떠나 멀리 여행하는 일이 쉽지 않았던 시대, 그곳에 가보지 못한 많은 사람들에게 잔잔한 위안을 선사했을 작품이다.

그런가 하면, 관동은 산세가 험준하고 산림이 우거져 예로부터 길이 발달하지 않은 궁벽한 지역이 많다. 이러한 사정은 어촌 당대에도 다르지 않아, 외지에서 영동에 이르러 다시 동쪽으로 나아가는 길은 트인 길줄기를 마주하기 어려운 걷기조차 힘든 길이었다. 평창 대화에서 오대산 월정사 쪽으로 넘어가는 고개 '모노령'을 넘는 어촌의 시 한 편을 보기로 하겠다.

「모노령 정상에서 눈을 만나다」

고갯마루엔 이끼 낀 바위 고목은 비스듬한데
신우대 늘어선 험준한 산길 뱀처럼 구불구불.
온산에 내리던 진눈깨비 모두 눈으로 바뀌어
나무마다 차갑게 얼어붙어 눈꽃을 만들어내네.
옥가루 떨어지는 숲속 외로이 홀로 들어가니
은잔을 땅에 흩뿌리며 나귀 한 마리 지나가네.
동으로 옴에 삭막한 마음에 시정도 일지 않고
다만 이내 가슴 속엔 시름만 갈래갈래.

「毛老嶺上遇雪(모노령상우설)」

嶺石蒼蒼古木斜(영석창창고목사)
間關箐路曲如蛇(간관정로곡여사)
漫山凍雨渾成雪(만산동우혼성설)
着樹寒氷半作花(착수한빙반작화)
玉屑墮林孤身入(옥설타림고신입)

銀杯散地一驢過(은배산지일려과)
東來索寞無詩思(동래삭막무시사)
只有胸中愁緖多(지유흉중수서다)

한겨울, 험준한 산길을 따라 고개를 넘는다. 고갯마루에 다다르니 바위에 이끼가 무성하고 앙상한 고목은 쓰러질 듯 비스듬하다. 사람의 발길이 잘 닿지 않은 터라 걷기조차 힘들다. 겨우 형체를 보이는 길 가장자리로 산대나무들이 늘어서 있고, 경사가 가팔라 뱀처럼 구불구불 이리 휘고 저리 휜다. 조금 전까지만 해도 진눈깨비더니 기온이 떨어지면서 모두 눈으로 바뀌어 온 산을 하얗게 덮는다. 나무마다 눈꽃이 피어난다.

언 눈발이 옥가루처럼 떨어지는 숲속으로 홀로 들어간다. 짐을 실은 나귀 발자국이 마치 은잔을 흩뿌리듯 눈길에 새겨진다. 한양을 떠나 이곳 동쪽으로 옴에 삭막한 마음뿐이다. 시정詩情도 일지 않고, 가슴속엔 다만 시름만 갈래갈래 일어난다.

어촌의 나이 52살 되던 해 파직되어 강릉으로 낙향하던 길에 지은 작품이다. 권세를 이용해 파당을 만들고 수많은 화옥을 일으킨 김안로를 조정에 천거한 허물 때문이었다. 직첩마저 회수당한 채 낙향해야 하는 참담함을 누가 헤아릴 수 있겠는가! 한겨울 눈 내리는 산길을 외롭게 걸어 낙향하는 심경이 쓸쓸함을 자아내는 풍광들과 더불어 차갑게 배어 있다. '愁緖多(수서다)·시름만 갈래갈래'라는 시구 속에 당시 어촌의 참담한 심사가 집약되어 있다.

이 작품은 어촌의 낙향 심사가 잘 드러나 있기도 하지만, 관동의 지리적 특성에 말미암은 풍토성의 단면을 여실히 보여주기도 한다. 구불구불 앞이 보이지 않는 비탈길, 험준한 고개, 이끼가 엉겨붙은 앙상한 고목, 진눈깨비가 금세 눈으로 바뀌는 변화무쌍한 날씨 등은 해발고도가 높은 관동 산간에서 어렵지 않게 맞닥뜨리는 풍토성의 단면이다. 이 작품은 이러한 관동의 풍토성이 시적 자아의 정서와 심리상태를 표상하는 매개 역할을 함으로써, 화자가 형상화하고자 하는 황량함·고독감·참담함의 주제의식을 보다 절절하게 환기하는 효과를 발휘한다.

한편, 관동의 산수풍경 가운데서도 어촌이 즐겨 노래한 대상은 향리 강릉의 풍광이다. 강릉의 풍광 가운데서도 어촌은 자신이 깃들어 사는 거소 발치에 펼쳐져 있는 경포호수[鏡湖]를 제재로 한 시편들을 많이 남겼다.

「경호 서당에 밤에 앉아서」

땅에 외로운 섬 머물렀으니 바로 청산인데
산 밖 푸른 바다 드넓게 눈 안에 들어오네.
달이 밝으니 거울호수 물결 고요하여
다리미로 흰 비단 다림질한 것 같구나.

「鏡湖書堂夜坐(경호서당야좌)」

地留孤嶼卽靑山(지류고서즉청산)
山外滄溟入眼寬(산외창명입안관)
月白鑑湖湖水靜(월백감호호수정)

恰如金斗熨氷紈(흡여금두위빙환)

달이 밝게 떠오른 밤, 호숫가 서당에 앉아 창밖을 내다본다. 사위가 고요하다. 문득 청산 속 외로운 섬에 앉아 있는 느낌이 든다. 눈을 들어 바라보니, 청산 밖으로 펼쳐진 푸른 바다가 시야에 들어온다. 바로 눈앞의 호수로 시선을 옮긴다. 말 그대로 거울처럼 잔잔하고 맑다. 달빛에 반짝인다. 눈이 시리도록 곱다. 마치 다리미로 흰 비단을 다림질해 놓은 것 같다. 마음이 평온해지고 숨결도 부드러워진다.

경포호숫가에 자리잡은 서당에서 마주한 밤의 정취를 노래하고 있다. 현재 자신이 앉아 있는 서당을 '청산 속 외로운 섬'으로 비유한 데서, 달빛 머금은 경포호수를 '다리미로 흰 비단을 다림질한 것'으로 표현한 데서, 경물을 형상화하는 어촌의 뛰어난 시재詩才를 실감할 수 있다. 자연의 경물과 자아가 합일된 경지를 청신하게 그려내었다.

오랜 세월 수많은 시인묵객들이 경포호수의 아름다움을 노래했지만, 어촌처럼 '다리미로 흰 비단을 다림질한 것'으로 묘사한 예는 유례를 찾기 어렵다. 산과 바다가 어우러져 장관을 연출하는 한복판에 아늑한 모습으로 자리한 호수, 관동의 명승이자 대대로 강릉의 랜드마크가 되어 온 경포호수의 풍치를 참으로 정감 넘치게 형상화하고 있다.

어촌이 즐겨 노래한 향리 강릉의 산수풍경은 수려하면서도 아늑한 물상들로 인해 다사로운 정취가 배어난다. 이는 어촌 당대만

이 아니라 오랜 세월 인구에 회자되어 온 이 지역 특유의 풍광이자 정취의 단면이다. 어촌보다 80여 년 후에 태어난 강릉의 인물 교산 허균은 그의 『학산초담鶴山樵談』에서, "강릉부는 옛 명주 땅인데, 산수의 아름답기가 동방에서 제일이다[江陵山水 甲于東方]. 산천이 정기를 모아가지고 있어 기이한 인물들이 가끔 나온다."라고 했다. 여기에 등장하는 '江陵山水 甲于東方'은 대대로 관용어가 되어 왔다. 강릉의 산수풍경을 노래한 어촌의 시편들로부터 이러한 산수의 수려함과 함께 강릉 특유의 풍토성에 깃든 정취까지를 실감할 수 있다.

한편, 관동과 강릉에서의 생활 경험을 노래한 어촌의 시편들에는 이 지역 산수풍경만이 아닌 생활풍정을 노래한 작품들이 적지 않다. 어촌은 강릉에서 태어나 대과에 급제하여 벼슬길에 나아갈 때(1513·27살)까지 강릉에서 살았다. 또 강원도 관찰사로 재직할 때(1530·44살)에는 관동 각처를 순행하면서 민생을 살폈고, 만년에 낙향한(1538·52살) 이후 세상을 뜰 때(1540·54살)까지 기간에는 향리인 강릉에 머물러 지냈다. 다음과 같은 작품은 경포호숫가에 깃을 드리우고 생활하는 어촌의 시야에 포착된 어느 여름날의 신새벽 정경이다.

「소대에 오르다」

새벽이 서늘하여 병든 나그네를 흔드니
일찌감치 일어나 황량한 누대에 오르네.
바다에 동이 트니 아침노을 붉어지고

하늘이 밝아 오니 물새들 분주하네.
강문쪽 다리에는 사람이 건너가고
호숫가 나무에는 새들이 날아오네.
백성들은 바야흐로 김을 매고 북돋우고
언덕 밭 어스름한 곳에선 풀을 벤다네.

「上小臺(상소대)」

晨涼撩病客(신량료병객)
早起上荒臺(조기상황대)
海曙煙霞赤(해서연하적)
天明鴰鶡催(천명괄할최)
江橋人度去(강교인도거)
汀樹鳥飛來(정수조비래)
民事方穮蓘(민사방표곤)
原田暵有薙(원전막유체)

서늘한 새벽 기운에 잠에서 깬다. 쇠약해진 상태라 몸이 예민하게 반응한다. 일찌감치 일어난 터라 사위가 고요하다. 황량한 누대에 오른다. 건너다 보이는 동해, 바다를 물들이며 아침노을이 조금씩 붉어진다. 이윽고 해가 솟으리라. 하늘이 밝아오면서 물새들도 접었던 날개를 펴고 분주하게 움직인다.

먼 발치 강문 쪽 다리로는 생업에 부지런한 이가 건너간다. 호숫가를 따라 줄지어 선 나무에는 새들이 날아와 앉는다. 전원의 이른 아침, 백성들은 바야흐로 김을 매고 논밭을 돌본다. 여명이 채 가시지 않은 언덕 밭에서는 소를 먹이려는지 풀을 벤다. 모두들 바지런히 하루를 시작하고 있다.

초여름 바닷가 마을 신새벽 정경을 스케치하듯 그리고 있다. 서늘한 새벽 기운에 일찍 잠을 깬 화자의 쇠약해진 몸과 느릿한 움직임, 이와는 대조적으로 누대에 올라 조망하는 물상이며 정경들은 모두가 활기에 차고 생동감이 넘친다. 모두들 이른 아침부터 자신의 일상을 일구어가는 데 부지런한 모습을 바라보면서, 가벼운 탄식과 함께 자그마한 다짐을 했을 화자의 모습을 떠올릴 수 있다. 바다와 호수를 아우른 바닷가 마을의 생활풍정이 다양한 물상과 정경들을 통해 형상되고 있다. 이러한 물상과 정경들은 강원도 동해안이 아니고는 마주하기 어려운 풍정이다.

자신이 깃들어 사는 지역의 풍토성으로부터 촉발된 사유와 감성이 시적 정서를 환기하는 종요로운 요소로서 관여하는 작품에는 향토 특유의 정조가 배어 있게 마련이다. 강릉의 생활풍정을 노래한 어촌의 다음과 같은 작품에서 이를 실감할 수 있다.

「중양 후 하루」

달려가는 세월 사람을 흔드니 어찌 술잔 늦추랴.
좋은 시절은 쉬 지나가니 애석하구나 중양절이여.
강바람 불어오니 갈대꽃이 눈처럼 흩날리고
산비가 서리를 재촉하니 밤나무잎 누렇게 물드네.
날 저무는 마을엔 방아 찧는 소리 들리고

밤 깊어지자 등불 들고 어량 통발 살피네.
은거 생활 최고의 맛은 한적함이러니
마음 돌려 벼슬길엔 다시 나아가지 않으리.

「重陽後一日(중양후일일)」

急景撩人敢緩觴(급경료인감완상)
良辰易過惜重陽(양신이과석중양)
江風吹雪蘆花白(강풍취설로화백)
山雨催霜栗葉黃(산우최상율엽황)
日暮村舂聞相杵(일모촌용문상저)
夜深篝火見漁梁(야심구화견어량)
幽居一味眞閒適(유거일미진한적)
莫遣歸心入帝鄕(막견귀심입제향)

중양절이 지났다. 빠르게도 흐르는 세월, 사람을 요동시키니 어찌 술잔 늦추겠는가. 좋은 시절은 쉬 지나간다. 애석하게도 벌써 중양절이 지나가다니! 강바람이 불어와 갈대꽃이 눈처럼 흩날린다. 산비가 내리면서 서리를 재촉한다. 밤나무잎이 누렇게 물들어가면서, 그렇게 가을이 깊어간다.

시절은 무정하게도 사람을 기다려주지 않는다. 어느 사이 날이 저문다. 마을에서는 저녁을 준비하는 방앗소리가 들린다. 밤이 깊어지자 대나무 덮개 씌운 등불을 들고 어량에 놓은 통발을 살피러 나간다. 한가로운 전원의 풍정들, 은거해 사는 최고의 맛이 여기에 있지 않으랴. 그러니 어찌 새삼 거친 세파에 몸을 맡기겠는가. 마음 돌려 벼슬길엔 다시 나아가지 않으리라.

중양절이 지난 가을 전원의 풍정과 한적한 은거생활을 노래하고 있다. 중양절은 한 해의 수확을 기뻐하면서 햇곡식으로 제사를 지내는 명절이다. 덧없이 흐르는 세월에 대한 탄식보다는 전원에 깃들어 살면서 누리는 흥취에 보다 마음이 기울어져 있다. '갈대꽃-밤나무잎-방앗소리-어량 통발'은 화자 자신이 깃들어 사는 지역에서만 보고 듣고 살필 수 있는 것으로, 전원생활의 흥취를 돋우는 풍정들이다. 화자는 이렇듯 소박하고 정겨운 풍정들 속에서 마음의 평화를 찾는다. 그래서 다짐한다. 거친 세파가 몰아치는 벼슬길엔 다시 나아가지 않겠노라고. 길지 않은 인생, 기다려주지 않는 세월, 좋은 시절은 쉬 지나가기에!

어촌이 깃들어 산 강릉 해운정海雲亭 주변의 물상과 정경들이 고스란히 담겨 있는 작품이다. 중양절이 지난 어느 가을, 화자의 일상을 구성하는 생활풍정을 넘어서서, 향토 특유의 정감이 물씬 배어난다. '눈처럼 흩날리는 갈대꽃'과 '누렇게 물드는 밤나무잎'의 선명한 색채감이 향토의 공간을 아름답게 채색하는가 하면, '저물 녘 방아찧는 소리'와 '등불 들고 어량 통발 살피는 밤'의 정겨움이 어린시절로부터 오래도록 가슴에 간직해 온 감성을 일깨운다. 그래서 덧없이 흐르는 세월에 대한 탄식보다는, 전원생활의 다감한 정취가 작품의 지배적 정조를 형성한다.

어떤 지역이나 장소는 특유의 풍광으로부터 사람살이와 결부된 요소들이 결합됨으로써 의미 있는 공간이 된다. 관동과 강릉에서의 생활 경험을 바탕으로 지어진 어촌의 시편들에는, 이 지역 산수 풍경 및 생활풍정에 깃든 특유의 풍토성이 다양한 모습으로 형상화되어 있다. 아울러 이들 시편에는 지역 특유의 풍토성을 구성하는 물상과 정경들을 배경으로, 작품 창작 당시 어촌이 처해 있던 심경이나 일상 속 정서들이 다채롭게 형상화되어 있다.

09

어촌이 노래한 이별의 아픔과 간절한 그리움

박영주

한시는 전통시대 지식인의 삶을 노래한 문학이다. 저마다의 인생살이에서 겪고 느끼는 열망과 포부, 사랑과 이별, 고독과 허무, 추억과 회한, 결핍과 고통으로부터 유한한 인생과 영원에 대한 동경에 이르기까지 그 제재나 사연은 무궁무진하다.

어촌 심언광의 한시 가운데에는 사랑하는 사람과의 이별, 이승을 떠난 이의 죽음을 슬퍼하며 그리워하는 작품들이 적지 않다. 이러한 작품들을 애도시哀悼詩라고 한다. 애도시는 어촌이 남긴 한시 850수 가운데 66수에 이른다. 어버이의 죽음으로부터 아내와 자식의 죽음을 슬퍼하는 시, 친구나 선후배의 죽음을 안타깝게 노래한 시에 이르기까지 그 범위가 넓고 다양하다. 어촌은 특히 국가적 차원에서 이루어진 장경왕후章敬王后 능을 옮길 때의 만장挽章, 정현왕후貞顯王后의 만사挽詞를 짓는 등 당대 애도시의 대가로 손꼽혔던 시인이기도 하다.

이별의 아픔과 간절한 그리움을 노래한 시 가운데서도 시대를 뛰어넘어 우리의 심금을 울리는 시는 어버이, 어버이 가운데서도 특히 어머니를 노래한 시일 것이다. 이제는 우거진 풀숲에 누워 계신 어머니를 그리는 어촌의 시 한 편을 보기로 하겠다.

「꿈속 어머니 얼굴」

꿈속에서 입고 춤을 춘 색동옷 깨어보니 아닌데
입고 있는 옷 분명하네 어머니 손수 지어주신 것.
낯선 타관 까마귀 소리 어버이 봉양 어여쁜데
고향 산천 우거진 무덤 돌아가 대하기 부끄럽네.

어찌 용납하랴 혼탁한 물속 고기의 모습을
어디에 자리를 잡나 깊은 숲속 새의 둥지를.
유랑길 벼슬살이 쉬고자 하나 쉬지도 못하고
몇 번이나 눈물 흘리며 봄 햇살 은혜 우러르네.

「夢慈顔」(몽자안)

夢中戱彩覺來非(몽중희채각래비)
手線分明在戍衣(수선분명재수의)
異域啼烏憐反哺(이역제오련반포)
故山幽草愧當歸(고산유초괴당귀)
豈容汚瀆魚常象(기용오독어상상)
何處深林鳥可依(하처심림조가의)
浪道休官休不得(랑도휴관휴부득)
幾回流涕仰春暉(기회류체앙춘휘)

꿈을 꾸었다. 색동옷 입고 어머니 앞에서 춤을 추었다. 깨어 보니 색동옷이 아니다. 하지만 입고 있는 옷은 분명 길 떠나는 아들을 위해 어머니가 손수 지어주신 것이다. 어미새 봉양하는 낯선 타관 까마귀 소리 저리도 어여쁜데, 천리 변방으로 좌천된 이내 몸, 고향 산천에 돌아가 우거진 풀숲에 누워 계신 어머니 대하기 참으로 부끄럽다. 이렇듯 견책을 받고 변방을 떠도는 모습을 어떻게 용납받을 수 있겠는가! 이내 몸, 어두운 숲속에서 깃 드리울 둥지를 찾아 헤매는 한 마리 새의 처지니! 유랑길 벼슬살이, 그만두고자 해도 정작 그만둘 수도 없는 몸. 그래서인지 어머니 생각이 더욱 간절하다. 여린 풀 위로 봄 내내 따사롭게 쏟아지는 햇살과도 같은 어머니의 사랑을 생각하니, 하염없이 눈물이 흐른다.

어머니에 대한 그리움, 그 간절한 정을 노래하고 있다. 나이 70에 어머니 앞에서 색동옷 입고 어린아이처럼 춤을 추었다는 노래자老萊子 고사의 '희채戲彩', 자란 뒤에 늙은 어미새에게 먹이를 물어다 준다는 '반포反哺'는 모두 효성과 관련된 소재들이다. 반면, '수선手線'과 '춘휘春暉'는 어머니의 사랑과 관련된 것으로서, 맹교孟郊의 「유자음遊子吟」(먼 길 나서는 아들의 노래)에 연원을 두고 있다. 오랜 세월 만인의 심금을 울려온 '촌초춘휘寸草春暉' 즉 '한 치의 짧은 풀잎같은 마음이 자식의 효성이라면, 봄 내내 여린 풀잎 위로 쏟아지는 따사로운 봄 햇살과도 같은 사랑이 어머니의 은혜'라는 말이 등장하는 시다. 어촌의 시도 맹교의 시도 읽는이로 하여금 울컥 눈물이 솟게 한다.

효孝를 유가에서 추구하는 가치덕목으로 편향해 이해하는 경우가 적지 않다. 그러나 효는 특정 종교나 이념과 무관하다. 자식이 자신을 낳아 길러주신 어버이를 잘 받들어 모시고자 하는 것은 인간의 본원적 감정이기 때문이다. 이러한 본원적 감정은 하늘로부터 부여받은 것으로서, 동서고금을 막론하고 보편적 진실이다. 유가에 『효경孝經』이 있다면, 불가에는 『부모은중경父母恩重經』이 있다.

어촌의 애도시 가운데에는 사랑하는 아내를 먼저 떠나 보낸 지아비의 슬픔을 노래한 시가 3편 있다. 일반 사대부들에 견주어 볼 때 많은 편수다. 무촌 간이라는 부부, 이 세상에 따로 와서는, 자연의 섭리에 따라 인연을 맺고 사는 일, 논리적 설명 바깥에 있기도 하다. 촌수를 따질 수 없는 전혀 다른 남남일 수도 있겠지만, 자식을 낳음으로써 촌수 자체가 성립하지 않는 관계가 되기도 한다.

「꿈에 먼저 간 아내를 보고」

두 마지기 밭으로 열 식구 먹여 살리니
가난한 집안 살림 어진 아내에게 의지했네.
고생스러운 살림살이 삼십 년이 넘건만
영광스러운 공명은 겨우 몇 년 뿐이었네.
스스로 말하길 함께 늙어가자고 하더니
어찌 나를 버리고 황천길 먼저 떠나셨는가.
저승길 너무 멀어 혼백 찾아와도 모를텐데
꿈속에서 본 연두빛 두건 아직도 선연하네.

「夢亡妻」(몽망처)

十口常資二頃田(십구상자이경전)
貧家生理賴妻賢(진가생리뢰처현)
艱辛契活曾三紀(간신결활증삼기)
榮顯功名僅數年(영현공명근수년)
自謂與君同白首(자위여군동백수)
何先棄我落黃泉(하선기아낙황천)
魂來不覺冥途隔(혼래불각명도격)
夢裏綦巾尙宛然(몽리기건상완연)

살림살이가 많이도 궁핍했다. 두 이랑 밭으로 열 식구를 먹여 살리자니, 어진 아내가 아니었으면 어림없는 일이었다. 그렇듯 고생한 세월이 30여 년, 벼슬길에 나아가 겨우 어깨라도 펴나 싶으니 내 곁을 떠나갔다. 검은 머리 파뿌리되어 함께 늙자고 하더니, 나를 남겨두고 황천길 먼저 떠나갔다. 저승길은 너무 멀어 그대 혼백이 찾아와도 알아차리지 못할까 걱정스럽다. 그런데 어젯밤 꿈속에서 본 당신, 연두빛 두건은 아직도 또렷하여 손에 잡힐 듯하다.

사별한 아내를 그리워하는 정을 노래하고 있다. 이제 더 이상 곁에 없는 아내 생각을 하면, 무엇보다도 궁핍했던 시절에 대한 미안함과 고마움이 가슴을 저리게 한다. 지난날과 견주어 지금은 형편이 펴진 상황이기에 더욱 그러하다. 함께 늙어가자던 말을 떠올리며 새삼 눈시울이 뜨거워지는 화자를 넉넉히 떠올릴 수 있다. 나이가 들어 사별하는 경우일수록 그리움과 고독감이 훨씬 더 절절할 터다.

꿈속에서 본 아내의 '연두빛 수건(기건綦巾)'은 화자의 아름다운 추억이자, 사랑의 상징이요, 두 사람만의 영원한 정표다. '기건'은 『시경詩經』 정풍의 「동문을 나서니[出其東門]」에 나오는 말로서, '내게는 오직 그녀'라는 의미다. 어촌은 16살(1502) 때 진사 강릉 박씨의 딸과 혼인하여 47살(1533) 때 사별했으니, 31년을 부부로 살았다. 어촌의 아내 사랑은 각별했던 것으로 보인다.

어촌은 자식을 먼저 떠나 보내는 뼈에 사무치는 아픔을 겪기도 했다.

「죽은 아들을 애도하다」

사안에 따라 마음 안배함이 선비의 상도인데
어찌하여 근심 번뇌 스스로 잊지를 못하는가.
반평생에 재앙 쌓여가는 것 면하지 못해
한 줌 흙으로 골육들 자주도 죽어가네.
은혜와 사랑 날카로운 칼과 같음을 알겠고
늙고 쇠하여 그때마다 창자 갈라짐을 깨닫네.
지난날 얼굴에서 홍조를 거두어 가니
부질없이 거울 붙잡고 흰머리만 비춰보네.

「悼亡兒(도망아)」

隨事安排是士常(수사안배시사상)
如何憂惱自難忘(여하우뇌자난망)
半生未免災殃積(반생미면재앙적)
一塊頻教骨肉亡(일괴빈교골육망)
恩愛極知同利刃(은애극지동리인)
老衰偏覺割剛腸(노쇠편각할강장)
向來顔面收紅藻(향래안면수홍조)
空把青銅照雪霜(공파청동조설상)

감정을 조절하는 일, 선비의 마땅한 도리인 줄 안다. 그러나 도무지 그렇게 되지가 않는다. 아비보다 먼저 떠나간 자식을 떠올릴 때마다, 안타깝고 서글퍼 마음 갈피를 잡을 수가 없다. 무슨 재앙이

이리도 쌓이는지, 반평생에 골육들이 한 줌 흙으로 돌아가는 것을 자주도 겪는다. 어버이 은혜와 자식 사랑, 깊을수록 날카로운 칼과 같다 싶다. 충만함이 깊을수록 그것을 잃은 상실감 또한 깊은 것이니! 늙고 쇠약한 몸이라 재앙을 당할 때마다 창자가 갈라짐을 뼈저리게 느낀다. 이렇듯 험난한 세월 겪다보니 지난날의 홍조는 얼굴에서 사라지고, 부질없이 거울 붙잡고 늘어가는 흰머리만 비춰본다.

아들을 잃은 어버이의 슬픔을 노래하고 있다. 달리 무슨 말이 필요할까 싶다. 제아무리 도덕군자라 할지라도 마음 갈피를 잡을 수 있다면 오히려 이상한 일이다. 특히 경련의 '은혜와 사랑 날카로운 칼과 같음을 알겠다.'는 말은 사람살이의 이치에 대해 깊은 상념에 잠기게 한다. 경험적 진실에서 우러나오는 말은 시대를 초월하여 심금을 울린다.

사랑하는 법, 서로 깊게 엮이는 법을 배우고 싶거든 자식을 가져보라는 말이 있다. 사랑 중에서 지고지순한 사랑은 어버이의 자식 사랑이다. 그렇기에 자식이 부모보다 먼저 죽는 것을 참혹한 근심을 얻는다고 해서 참척慘慽이라고 한다. 어떤 고통도 시간이 지나면 반감되는 것에 비해, 자식을 앞세운 고통은 치유가 되지 않기에, 어버이로 하여금 끊임없이 자학하게 만듦을 일컫는다. 자식의 죽음, 자식을 앞세운 어버이의 심정은 세상 어떤 것으로도 위로가 불가능한 일이다.

그런가 하면, 어촌은 친구나 선후배의 죽음을 애도하는 시도 적지 않게 지었다. 각별히 그와 가까이 지내던 이들의 죽은 아내를 애도하는 시들도 지었으며, 국가적 차원의 애도시를 짓는 이로 낙점

되어 장편의 만장·만사를 짓기도 했다. 동료의 죽음을 애도하는 시 한 편을 들어보면 다음과 같다.

「정자 최경홍을 곡하다」

십 년 동안 마음을 그대 위해 기울였으니
시와 술로 만나는 자리 진정으로 대했네.
조정 행렬에 서는 공명 한 번의 분부뿐이지만
문단의 습성과 기운은 군·사·부로부터라네.
정녕 기뻤던 것은 붕정만리의 원대한 포부요
영락해 슬펐던 것은 호접몽에서 깼을 때라네.
수명의 장단을 안다는 것은 모두 헛된 일이니
잘 익은 봄술을 하염없이 영령 앞에 따른다네.

「哭崔正字景弘(곡정자최경홍)」

十年肝膽爲君傾(십년간담위군경)
詩酒逢場眼幾靑(시주봉장안기청)
鵷路功名纔一命(원로공명재일명)
騷壇習氣自三生(소단습기자삼생)
扶搖政喜鵬圖遠(부요정희붕도원)
零落還悲蝶夢驚(영락환비접몽경)
解道彭殤皆妄作(해도팽상개망작)
春醪聊復酹英靈(춘료료부뢰영령)

그대와 십 년을 함께하면서, 시와 술로 정담 나누며 진심을 주고받았지. 조정 행렬에 서는 공명이야 전하의 분부 한 번이면 끝이지만, 시서詩書의 기풍과 논의야 군君·사師·부父 모두로부터 비롯되는 것 아니겠나. 그대와 나눈 시서와 정담, 정녕 기뻤던 것은 붕정만리鵬程萬里의 원대한 포부를 보았을 때였고, 영락해 슬펐던 것은 호접몽胡蝶夢에서 깨어나 덧없는 인생 하직했다는 소식이었네. 수명의 장단을 누군들 어찌 알겠나. 모두가 헛된 일인 것을. 먼저 떠난 그대를 위해 잘 익은 봄술 따르고 또 따르나니, 건네는 술잔 받으시고 먼 길 편히 가시게나!

벼슬살이에서 만난 동료의 죽음을 애도한 작품이다. 그와 생전에 함께하던 추억들을 떠올리며, 진심을 주고받은 인연을 소중하게 간직할 것을 영령에게 고하고 있다. '수명의 장단을 안다는 것은 모두 헛된 일'이라는 표현 속에, 동료를 애도하는 애틋한 정과 함께, 유한하고도 예측할 수 없는 인생의 이별을 담담하게 환기하고 있다.

인생에서 가장 확실한 한 가지는 우리 모두 죽는다는 사실이다. 반면 가장 불확실한 한 가지는 그 시기가 언제인지 모른다는 사실이다. 우리의 삶은 이렇듯 가장 확실한 한 가지와 가장 불확실한 한 가지 사이를 흐르는 강물에 잠시 발을 담그는 것일 터다. 인간은 유한한 존재다. 그러나 그럼에도 불구하고 인간이 위대한 존재라면, 그것은 스스로가 유한하다는 사실을 알고 있다는 데 있지 않을까 싶다.

그런 면에서 인생을 어떻게 하면 행복하고 의미 있게 살 수 있을까 하는 웰빙well-being도 중요하지만, 어떻게 하면 인생을 잘 마무리할 수 있을까 하는 웰다잉well-dying 또한 중요하지 않을까 싶다. 이별의 아픔과 간절한 그리움을 노래한 어촌의 애도시편들에는 인간의 죽음을 대하는 서글프면서도 애틋한 정이 담겨 있다고 할 것이다.

10

단오민속으로 읽는 이춘의 시 두 편

황루시_가톨릭관동대학교 명예교수

어촌 심언광의 시 가운데 민속적으로 해석할 수 있는 작품은 별로 많지 않다. 다만 단오와 관련된 두 개의 시가 있는데 아름답기도 하거니와 우리 지역 전통에 대한 작가의 애정을 감지할 수 있어 흥미를 끈다. 먼저 단오에 대한 감회를 적은 두 줄짜리 짧은 시는 간결하다. 그러나 객지를 떠돌면서 고향을 그리워하는 어촌의 마음이 절절하게 드러나 있다. 그네놀이를 제재로 한 시는 중국고사의 인용이 화려하지만 그 수사들이 오로지 민간의 그네 뛰는 여인들을 찬미하고 있다는 점에서 건강한 어촌의 미적 감수성을 엿볼 수 있다.

端午日有感

佳節侵尋五月天　　天涯羈旅涕漕然
先塋此日陳香火　　山雨霏霏濕紙錢

단옷날 감회

아름다운 계절 깊어가는 오월에
하늘 끝 떠돌며 눈물 줄줄 흘리네
산영에는 오늘 향불 올렸을 터인데
산비가 부슬부슬 지전을 적시겠네 (번역 박영주)

어촌은 객지에서 단오를 맞이했다. 그리운 마음에 먼 하늘을 바라보니 '지금 집에서는 차례를 모시겠구나' 절로 고향 생각이 난다. 부모와 가족, 친척이 모여 정성스러운 마음으로 향을 올리는 광경이 떠오르자 가눌 수 없는 그리움은 선영의 묘를 적시는 비가 되어 눈물로 내린다. 선영에는 눈물 흘리는 어촌과 향불 올리는 가족, 그리고 노잣돈으로 바친 지전이 젖어 저승길을 머뭇거리는 조상님이 잠시나마 함께 비를 맞고 있을 것이다.

그런데 이 서정적인 시는 어촌이 강릉사람이 아니었다면 쉽게 쓰기 어려웠을지 모르겠다. 단오는 우리나라 4대 명절에 들어간다. 설, 추석, 한식 그리고 단오이다. 설은 한 해가 시작되는 시기라 전국적으로 가장 큰 명절이었다. 한식은 조상의 묘를 돌보는 때이어서 유교문화권인 조선 사회에서 중요했다. 하지만 추석과 단오는 지역에 따라 명절로서의 위치가 달랐다. 벼농사를 많이 지었던 남쪽에서는 추석이 컸다. 흩어졌던 가족이 모여 갓 추수한 햅쌀로 송편을 빚어 조상을 모시는 명절이 바로 추석이었다. 반면 논농사가 별로 없던 북쪽에서는 보리를 수확한 기쁨을 놀던 단오가 중요한 명절이었다. 남북이 분단된 이후 우리 사회에서 단오명절의 비중은 자연스럽게 줄어들었다. 이제 단오는 지역축제를 전승하고 있는 전주, 법성포, 자인 등 몇몇 지역을 제외하고는 명절로서의 대접을 받지 못하는 실정이다. 하지만 단오제의 명성이 또르르한 강릉은 지금도 단오를 가장 명절답게 지내는 대표적인 지역이다.

유네스코 인류무형유산으로 등재된 강릉단오제가 유명한 것은 말할 것도 없지만 지금도 강릉에는 단오 때 동제를 모시는 마을이 남아있다. 바닷가마을인 심곡에서는 단옷날 자정에 동제를 모신다. 마을주민들이 조금씩 추렴한 비용으로 바다에서 고기 많이 잡고 아무 사고없이 지켜달라면서 여서낭을 모신 당집에서 제사를 올리는 것이다. 이때에는 객지에 나간 자손들이 동제와 조상 차례에 참여하기 위해 휴가를 내어 돌아오기도 한다. 흔히 설과 추석이 되면 민족의 대이동이 이루어지는데 강릉에서는 단오가 바로 고향을 찾아오는 시기인 것이다.

단옷날 한밤중에 모시는 동제는 남자들의 행사이다. 초헌관 아헌관 종헌관 축관 집사들이 모두 남자들일 뿐만 아니라 모여든 동네 사람 가운데서도 여자를 찾아보기 어렵다. 하지만 새벽이 되면 심곡에서는 여자들만의 종교의례가 시작된다. 아직 바다에 해가 떠오르기 전 아낙들은 소쿠리에 제물을 지고 산에 오르는 것이다. 바로 '산메기'를 하기 위해서이다. 아낙은 일 년 내내 부엌에 걸어두었던 '산'을 꺼내 제물과 함께 광주리에 넣은 뒤 머리에 이고 산을 오른다.

'산'은 부엌에 반원 모습으로 걸어둔 왼 새끼줄인데 비린 것이나 생선을 먹을 때마다 조금씩 떼어 줄에 끼운다. 다른 육고기는 바짝 말라서 손가락 마디도 안 되게 쪼글어들지만 유독 닭발만은 형태를 유지하여 조금 그로테스크하게 보인다. 이 '산'이 바로 산에게 바치는 가장 중요한 제물이다. 집마다 조상 대대로 의례를 받는 소나무가 있다. 그 나무를 찾아 먼저 소나무 허리에 '산'을 묶고 발치에 상을 차린다. 각종 어물과 고기와 나물, 과일, 메로 푸짐하다. 그 앞에서 아낙들은 절을 하고 손을 비비면서 빈다. 아무려나 자손들 잘되게 도와달라는 비손인데 이때 모시는 신이 바로 수리영산님이다. 수리는 단오를 가리키는 우리말이다. 독수리, 수리매, 정수리 등 높다는 의미를 지닌다. 단오야말로 가장 높은 날이라고 믿는 것이다.

높은 날, 높은 산의 신에게 드리는 제의가 바로 산메기인 것이다.

드디어 단옷날 아침이 밝으면 조상을 위해서 차례를 모신다. 조상을 모신 선산을 찾아가 차례를 지내는 집안도 있고 종갓집 사우에 모이기도 한다. 이처럼 강릉에서 단오는 지역공동체가 함께 치르는 단오제, 마을의 소박한 동제, 아녀자들이 자손을 위해 올리는 산메기, 그리고 조상을 위한 차례가 함께 하는 중요한 명절이었던 것이다. 지금까지 강릉에 내려온 단오명절의 역사가 이처럼 만만치않으니 어촌이 유독 단오에 고향을 그리워한 것은 어쩌면 당연한 일이라고 하겠다.

강릉에서는 단오를 치고 나면 비가 내린다는 속신이 있다. 모내기가 끝난 뒤에 단오제를 하니 그때쯤 비가 와주어야 풍년을 기약할 수 있기 때문이다. 그렇다면 산영에 내리는 비는 단순히 그리움의 눈물이 아닐지 모른다. 지전을 태워 조상을 대접한 자손을 축복하는 은혜의 빗물이 아니었을까.

端午日見倡兒鞦韆戲

越娥巴女舞鞦韆　　多少丫鬟簇樹邊
翡翠釵濕紅杏雨　　榴花裙轉綠楊煙
雲間乍下西王母　　天際還飛謝自然
每歲端陽爲此戲　　千年遺俗至今傳

단옷날 아이광대가 그네뛰는 놀이를 보고

아리따운 아가씨들 춤추듯 그네를 뛰니

수 많은 여인네들 나뭇가로 모여드네
비취빛 비녀는 살구꽃 적시는 비에 촉촉하고
석류빛 치마는 버들 속 연기처럼 나부끼네
구름 속에서 서왕모가 잠깐 내려온 듯하고
하늘 끝에서 사자연이 돌아 날아온 듯하네
해마다 단옷날이면 이 놀이를 하나니
천년의 풍속이 지금까지 전해진다네 (번역 박영주)

그네뛰기는 대표적인 여성들의 단오놀이이다. 단옷날이면 으레 남자는 씨름을 하고 여자는 그네를 뛰었다. 강릉에서는 주로 서낭당에서 그네를 뛰었다. 서낭당에는 당목이 있어 그네를 매기 좋았다. 칠사당에 있는 느티나무처럼 우람한 나뭇가지에 그네를 걸고 고운 옷을 떨쳐입은 여인들이 그네를 뛰었다. 하지만 이 시에 등장하는 그네터는 그네만 있는 것이 아니라. 더 큰 축제마당으로 보인다. 아이광대가 있기 때문이다. 광대는 많은 관객 앞에서 재주를 파는 사람이다. 장이 서거나 마을에서 굿을 할 때 광대들이 줄도 타고 놀이를 했다. 강릉단오제는 영동지역 최대의 축제였으니 당연히 광대들이 모여들었을 것이다. 어촌이 말한바 천년의 풍속인 그네와 강릉단오제의 역사가 일치하는 장면을 보니 가슴이 뭉클해진다.

우리는 그네라고 하면 춘향이를 떠올리면서 처녀들의 놀이라고 생각한다. 하지만 강릉의 풍속은 달랐다. 전통사회에서 아낙들은 바깥출입이 허용되지 않았다. 시집을 가면 여자는 오로지 어른들 모시고 집안 살림하는 일과 육아가 전부였다. 집 밖을 나가는 것은 빨래터에 가거나 주변의 텃밭에서 밭일을 하는 정도였다. 요즘은 여자가 장을 보지만 조선조에는 시장에 가는 일도 남자들의 몫이었다. 몇 년에 한 번 친정나들이 외에 집밖 출입이 불가능했던 여자들의 유일한 해방공간은 바로 단오장이었다. 대부분 집안에서 아녀자들의 단오제 구경이 허용되었기 때문이다.

단옷날이 되면 동네 처녀와 아낙들은 새벽같이 아침을 지어 먹고 길을 나섰다. 두 시간 세 시간 걸리는 길을 머다 않고 부지런히 걸어서 단오장으로 가는 것이다. 단오장에 오면 굿판이나 농악, 씨름터를 돌면서 온갖 구경을 다 하고 취떡이나 엿을 사 먹으면서 놀았다. 그 가운데 가장 재미난 놀이가 바로 그네였다. 단순히 구경하는 것이 아니라 직접 참여할 수 있는 놀이가 바로 그네였기에 여기서는 여인들이 축제의 주인공이 될 수 있었던 것이다.

그네의 어원은 '글위'로 발을 구른다는 뜻에서 유래했다고 한다. 조심스럽게 발판에 올라간 여인은 그넷줄을 잡고 한두 번 가볍게 발을 구르면서 비상할 준비를 한다. 드디어 진자운동으로 탄력을 받으면 여인은 문득 깊숙이 앉았다가 힘주어 일어나면서 하늘 높이 날아오른다. 일단 몸이 공중으로 뜨면 별로 힘도 들지 않는다. 조금만 굴러도 몸은 저 높은 공중으로 붕 날아간다. 그네를 뛰는 것은 하늘로 나는 것이다. 자유를 온몸으로 느끼는 일이다. 빡빡한 일상에 지친 여인들이 잠깐이나마 삶의 구속을 벗어나는 행복한 순간이다.

원래 그네는 높이 올라 늘어진 가지의 나뭇잎을 입에 물어야 장원인 법이었다. 하늘 높이 치고 올라가 몸이 동글게 말아지기 직전 나뭇잎을 하나 따물고는 다시 휘익 내려오는 것이었다. 그래서 원래 그네를 잘 뛰는 사람은 힘센 남자가 많았다고 하는데 점차 여자들의 놀이로 성격이 굳어졌다. 그렇다면 남정네들 다음에 누가 장원을 하겠는가. 예나 지금이나 아줌마의 파워가 좀 센가. 일 년에 단 한 번 자유로운 일탈을 꿈꾸며 그네에 오른 막강 아줌마, 아주머니들의 승리가 눈에 훤히 보이는 듯하다.

중국 신화 속의 선녀와 신선인 서왕모와 사자연에 빗대어 그네뛰는 여인들의 아름다움을 칭송한 것으로 미루어볼 때 어촌의 눈에 이러한 아녀자들의 절박함은 보이지 않았던 것 같다. 그렇지만 필력을 다하여 그네뛰는 여인을 묘사하고 있는 어촌이 순수한 마음으로 여인들의 행복에 깊이 공감하면서 자유로움까지 느끼고 있음은 쉽게 감지할 수 있다. 오랜 역사를 지닌 단오명절에 대한 자부심을 굳이 여인들의 그네놀이를 통해 드러낸 것도 그 공감의 깊이를 말해주는 것일게다.

이제 다시 처음으로 돌아가 마지막으로 흥미로운 것은 바로 시의 제목이다. '단옷날 아이광대가 그네뛰는 놀이를 보고'는 곧 당시 단옷날 아이광대가 그네를 뛰었다는 것을 말한다. 그런데 실제 본문에는 아이광대가 그네 뛰는 모습이 묘사되어 있지 않다. 본문에서 그네를 뛰는 주인공들은 越娥巴女(월아파녀)이다. 월아파녀는 월땅의 아가싸와 파땅의 아가씨라는 의미이다. 즉 우리나라가 아닌 이국의 여인들을 말하는데 하지만 번역에도 있듯이 이는 '아리따운 아가씨들', 미녀의 총칭으로 보는 것이 합리적이다.

그렇다면 아이광대는 왜 등장하는 것일까? 요즘 강릉단오장에서 그네를 가장 잘 뛰는 사람은 연변에서 온 조선족 광대들이다. 이들이 그네 뛰는 모양새를 보면 단순히 높이 올라가는 것만이 아니다. 허공에서 한 바퀴 돌기도 하고 아슬아슬 줄 위에서 온갖 장난을 다 친다. 단순한 놀이가 아니라 예술의 경지에 이른, 다시 말해서 프로페셔널의 공연인 것이다. 어쩌면 당시에도 이런 프로들이 그네를 뛰었을 가능성이 있지 않을까? 전통시대의 광대는 모두 남자였다. 주로 여자들이 모이는 놀이터이니 어른광대가 그네터로 오기는 어려웠을 터이다. 그래서 아이광대가 분위기도 돋울 겸 그네를 뛴 것은 아닐까. 한 줄의 제목이 예사롭지 않게 다가오는 것은 오늘 단오장의 모습이 당시에도 선연히 보이기 때문이다. 이래서 천년의 풍속이 지금까지 전해지는 모양이다.

11

이촌에서 소월까지 이어진 ‘영변의 약산’

심은섭_가톨릭관동대학교 교수

1. 서序

영변의 약산藥山은 평안북도 영변군 영변읍에 소재하는 산 이름이다. 산세가 매우 험준하여 고구려 시대 외침을 막으려고 성을 쌓기도 했다. 연주성이라고 불리기도 했던 영변의 성은 항아리를 닮아 튼튼한 난공불락의 철옹성鐵甕城으로 유명하다. 고려시대에는 이곳에서 강감찬 장군이 거란군을 섬멸했고, 몽골군 등도 물리친 곳으로 서북 방어의 중요한 거점이었다. 또한 임진왜란 때에는 선조가 3일간 피난하며 머무른 곳이다.

약산藥山이라는 이름에 대해 두 가지 전설이 있다. 하나는 예부터 이 산에 약초藥草가 많아 약산이 되었다는 설과 약산 아래 서운사接雲寺 옆 석간石間에 유명한 약수藥水가 있었는데, 이 약수를 마시러 오는 사람들이 여간 많지 않았다. 매일 그들은 무리를 지어 찾아와 음주가무로 정적靜寂해야 할 사찰寺刹로는 고민거리였다. 고민을 거듭하던 끝에 그만 약수터를 묻어버렸다. 그리고 서운사接雲寺가 고요해졌다는 설이 전해진다. 어느 편의 이야기를 믿든 이 산에 많은 약초와 약수가 있었던 것은 분명하며, 이것에 의해 약산이란 이름이 지어졌다. 또 이 약산 동대東臺는 관서팔경의 하나로 빼어난 경관을 자랑하는 곳이다. 특히 봄에는 동대에 진달래꽃이 만발하여 산 전체가 분홍빛으로 물들고, 가을에는 단풍이 천하일품이며, 동대에서 서쪽으로 바라본 구룡강九龍江 모습 또한 장관이다.

약산의 앞모습은 바람이 한번 건듯 불면, 나래를 있는 대로 펴고

저 높은 구공만리九空萬里로 날아가는 갈매기와 같다. 이처럼 영변의 약산 중에서도 동대는 단연 으뜸의 풍광을 가지고 있어 시인묵객들의 회자에 오르내릴 수밖에 없었다. 또한 영변의 약산에 전해 전승되는 청춘남녀의 애절한 이별의 전설 또한 단연코 문학적 소재로 취급되는 것은 당연지사로 받아들일 일이다.

본 글에서 취하고자 하는 것은 '약산동대'를 두고 많은 작가들이 한 장르에 국한시키지 않고 작품 소재로 사용했다는 점을 설명하려는 것이다. 그중에서도 영변의 약산 동대를 읊은 심언광의 한시 「登寧邊藥山東臺」와 영변의 약산 진달래꽃을 노래한 김소월의 「진달래꽃」을 소개하고 그 시 속에 담긴 영변약산에 대한 민족적 인식을 새로운 시각에서 음미해 봄과 동시에 영변의 약산을 노래한 작품들을 통시적으로 살펴보고자 한다.

2. '영변 약산'의 작품들

영변의 약산은 시인묵객들의 작품 소재로 단연코 제일이다. 이처럼 신비하고 장관의 으뜸인 이곳을 시인묵객들은 그냥 지나칠 리가 없다. 1931년 이종정의 「약산동대」도 영변의 약산을 소재로 한 고전소설이다. 작품의 공간적 배경이 영변의 약산동대이고 주인공이 송경필과 빙옥이라는 점만 다를 뿐, 「춘향전」을 모방한 작품으로 볼 수 있다.

약산은 제일봉과 제일봉에 있는 큰 바위인 동대와 깊은 벼랑 사이의 바위 봉우리로 솟은 학벼루 등 기암괴석, 절벽과 울창한 수림이 아름답기로 소문난 명산이다. 특히 약산 제일봉에 있는 큰 바위인 동대에서 구룡강과 대령강, 또 멀리 보이는 묘향산 등을 조망하는 풍광이 아름다워 조선 후기 시강원진선, 동부승지, 공조참의 등을 역임한 문신이며 학자였던 이유태李惟泰(1607~1684년)도 시의 소재로 삼아 노래한 「약산동대」를 보면 전형적인 선경후정先景後情의 구조를 지니고 있다. 즉 약산의 절경을 먼저 제시하고 시적화자의 감정을 표현한 시이다.

관서팔경의 하나인 영변의 약산을 노래한 민요도 있다. 바로 「영변가寧邊歌」다. "영변에 동대야 에헤에 해야 네 부디 평안이 잘 있거라./나도 명년 양춘가절이라 또 다시 만나 보잔다"(「영변가」1절)로 시작되는 이 민요는 조선 말기에 평안도의 행정부를 의주義州로 옮길 때 그 지역 사람들이 섭섭한 마음에서 「영변가」를 지어 불렀다고 한다. 이 민요가사에서도 영변 동대에 대한 작가의 심정이 고스란히 드러나 있다. 이처럼 시는 인간사의 경험을 재연한 것으로 작품을 면밀히 분석할 때만이 작가의 정서를 파악할 수 있다. 그것은 시인이 감정을 직설적으로 드러내지 않고, 은유하거나 상징적으로 표현하기 때문이다.

3. 어촌과 소월의 영변 약산

풍류를 즐길 줄 아는 선비라면 누구나 영변의 약산을 찾았다. 그때의 감회를 시로 남겼다. 이에 16세기 전반 우리 문학사를 대표하는 문인 중에 하나로 850여 수에 이르는 시를 남긴 조선 최고의 문장가 어촌 심언광 역시 영변의 약산 동대를 노래한 시인 중에 하나이다.

蘿蔦縈回石磴連　閒携簫管倚層巓
나조영회석등련　한휴소관의층전
香生野杏飛胡蝶　紅謝山花落杜鵑
향생야행비호접　홍사산화락두견
萬疊遙峯尖似劍　一泓裨海杳如煙
만첩요봉첨사검　일홍비해묘여연
醉來濩落生遐想　欲把春江作酒泉
취래확락생하상　욕파춘강작주천
- 심언광, 「登寧邊藥山東臺」 전문

인용시 「登寧邊藥山東臺」는 주지하듯이 어촌 심언광의 7언율시七言律詩이다. 영변약산 동대에 올라 약산 동대의 풍경을 읊은 서경적 서정시이다. 그는 "먼 곳으로 시선을 두니 겹겹이 두른 산봉우리 칼처럼 뾰족하고, 바다로 향하는 발아래의 굽이쳐 흐르는 강물은 엷은 안개마냥 아득하기만 하다. 그때 봄비가 낙숫물이 되어 떨어지니 고향에 두고 온 모든 사람들이 그리워지고, 흘러가는 저 봄 강물을 끌어다가 한 없이 술이 솟아나는 샘을 만들고 싶다"고 진술했다. 영변의 약산동대를 오르며 작가의 직관에 비치는 주위의 경관을 적나라하게 묘사한 서경적 유람시遊覽詩다. 약산 동대를 두루 살피면서 형식과 봉건적 규범을 버리고 솔직하고 자유로운 성정을 노래했다. 선비의 풍류가 고스란히 담긴 시로 어촌 심언광은 영변의 약산 동대와 몰아일체를 이룬다. 따라서 그의 시는 곧 자연이고 인간으로 정의 된다.

심언광의 「登寧邊藥山東臺」와 같은 유람시는 산수와 명승을 탐방하고, 민정 순찰 등의 직무수행 중에 보고들은 풍광들을 묘사하고 정서를 형상화한 것이다. 어촌 심언광의 유람시는 어디에서 기인한 것일까라는 것과 무엇이 그토록 유람시를 쓰도록 했을까라는 의문이 든다. 그 까닭을 추론해보면 먼저 어촌 심언광은 강원도·충청도 도사를 비롯하여 강원도 관찰사, 평안도 경변사, 함경도 관찰사 등 변방의 외직에서 오랫동안 근무했던 이력이 많기 때문에 여타 어떤 사대부 작가들 보다 많은 작품이 전하는 이유이다.

또 다른 하나는 당시 문인들에게 보편적으로 인식되었던 독만권서 행만리로讀萬卷書 行萬里路의 관념 때문이었을 것으로 사료된다. 지식을 광범위하게 축적하는 것 이외에도 직접 눈으로 보고 체험해 견문을 넓히는 것이 문학적 상상력을 발휘하고 창작 구상을 민첩하게 하는 데 큰 도움을 줄 것이라는 믿음이 그로 하여금 산천을 유람토록 이끌었을 것이다. 그리고 마지막으로 어촌 본인의 아름다움을 향유하고자 하는 강렬한 욕구와 새로운 문물에 대한 호기심 등이 종합적으로 작용하여, 그것으로 하여금 유람과 유람시를 생산하게 된 동기가 된 것으로 여겨진다.

특히 유람시의 묘사나 형상화의 관건은 회화성에 있다. 또 비유의 중심축이라고 말할 수 있는 은유와 직유로 보조관념을 통해 원관념을 빗대어 설명하는 것을 필요로 한다. 그러한 가운데에서 독자들에게 상상력이 확장되도록 만들고 감흥을 유발할 때 시의 완성도는 높아진다. 이러한 방법론의 필요성을 인지한 어촌 심언광은 노래의 대상에 대해 관조와 명상을 통해 관찰하고 상상하는 시적 태도를 보이고 있다.

어촌 심언광의 「登寧邊藥山東臺」는 노래할 대상이 공간성의 요소를 지니고 있으면서 완성된 자연의 일부분이다. 따라서 자연물에 시인의 심정을 이입해야 하는 고도의 문학적 장치가 필요하다. 그러나 조선시대 허씨 5대 문장가인 허균에게 "웅혼하고 도타우며 화려하고 아름답다"는 호평을 받은 어촌 심언광은 선경후정先景後情의 시적구조를 사용하여 시인의 정서를 드러내는데 성공적이다. 그 예로 '낙숫물에 취기 돋아 멀리 있는 사람 생각나니/봄 강물 끌어당겨 술 솟는 샘 만들고 싶네'라는 미련尾聯 부분을 들 수 있다.

예로부터 시문에 능한 우리 선조들은 산수 유람을 즐겼다. 또한 단순히 유람을 즐기는 데에서 머무르지 않고 도道의 실체를 찾으려고 했다. 옛 문인들에게 등산이란 평상적인 삶에서 일탈하여 새로운 세상을 접하는 일이다. 어촌 심언광은 약산 동대를 실제 등산하여 보고 느낀 점을 시화하였고, 약산 동대의 승경 묘사를 통해 약산의 절경을 이미지화를 시도했다는 점을 눈여겨 볼 필요가 있다.

승경勝景 묘사를 통해 이미지화 한 것은 '영산靈山의 이미지', '흥취의 이미지'로 구분할 수 있다. '영산의 이미지'는 약산 동대에 수많은 사람들이 다녀갔지만 한 사람도 불행한 일을 당한 사람이 없다는 것을 이미지화하려는 시도이다. '흥취의 이미지'는 '낙숫물 떨어지니 멀리 있는 사람 생각나네.濩落生遐想'와 같은 관용적 표현을 들 수 있다. 즉 어촌 심언광이 시문을 통해 드러내고자 했던 것은 두 개의 이미지를 통합하여 인간과 자연의 등가를 입증하려는 시도로 풀이할 수 있다

> 나 보기가 역겨워/가실 때에는/말없이 고이 보내 드리오리다.//영변寧邊에 약산藥山/진달래꽃,/아름 따다 가실 길에 뿌리오리다.//가시는 걸음걸음/놓인 그 꽃을/사뿐히 즈려 밟고 가시옵소서.//나 보기가 역겨워/가실 때에는/죽어도 아니 눈물 흘리오리다.//
>
> -김소월, 「진달래꽃」 전문

위의 시는 1922년 『開闢』 7월호 실린 김소월의 대표작 「진달래꽃」이다. 시의 시어로 사용된 진달래꽃은 어촌이 노래한 영변 약산 동대에 핀 진달래꽃이다. 삼천리강산 방방곡곡 지천에 피는 진달래꽃은 우리민족의 끈질긴 저항성을 의미한다. 그것은 가냘프면서 결코 여리지 않은 강인한 생명력을 가진 민초를 상징하는 꽃이기 때문이다. 부연하면 「진달래꽃」은 사랑하는 임과의 이별이라는 극한적 상황을 '진달래꽃'을 통하여 초극하려는 역설적 의지가 담겨진 작품이다. 시의 내용이 말해주듯이 '진달래꽃'은 붉고 아름다운 서정적 자아의 보조관념으로써 사랑의 완성으로 이해할 수 있다. 서정적 자아가 지니고 있는 원망과 슬픔을 상징함과 동시에 떠나는

임에게 끝까지 자신을 헌신하려는 순종과 정성의 은유이기도 하다.

김소월의 시뿐만 아니라 우리의 많은 전통 시가들은 여성을 서정적 자아로 삼고 있다. 한국 전통 시의 여성편향성은 존재의 나약성과 함께 잠재된 저항력의 지속적 표출의 결과로 이해할 수 있으면서 또 다른 한편으로는 섬세하고 부드러우며 순화적인 감정 승화를 이루는 데 여성의 서정자아가 적합하다는 이유 때문이다.

어촌 심언광 선생의 「登寧邊藥山東臺」가 영변 약산 동대라는 공간을 묘사했다면 김소월의 「진달래꽃」은 영변 약산이라는 공간에 존재하는 식물을 서정자아의 정서를 대상화한 점이 서로 다르다. 「진달래꽃」의 서정자아는 주지하듯이 여성으로 설화적 모티프를 가지고 있다. 즉 여성의 인종과 남성의 유랑성을 비극적 상황으로 설정해 놓고 있다. 이런 비극적 장면 속에서 여성적 목소리는 자신의 고난을 극복하려는 새로운 의지와 자세로 변하는 과정을 겪게 되고, 폭력과 인종의 굴레를 달관하는 이상적 의지를 실현하게 된다.

김소월이 「진달래꽃」을 쓰던 시기가 일제강점기에 해당된다. 그러므로 시의 저변에 흐르는 한恨은 한민족의 심층에 깔린 정서이다. 이것은 고려속요나 시조에서도 나타나지만 구전口傳되는 민요에서도 흔히 발견된다. 다시 말해서 여러 민요를 살펴보면 김소월이 노래한 이별의 한이 그대로 지향되고 있음을 확인할 수 있다. 우리 민요가 품고 있는 한의 정서는 특히 비기능요에서 두드러지게 나타나는 바, 한국 민요의 정서가 김소월 시의 한과 일치한다는 점은 여러 평론가들에 의해 지적되어 왔다.

지금까지 「진달래꽃」을 분석하면서 '나보기가 역겨워/가실 때에는/죽어도 아니 눈물 흘리오리다'의 반복구에 나타난 역설적 의미의 추구에만 집중되어 왔다. 그러나 '영변에 약산/진달래꽃'에 대해서는 어떤 고민도 하지 않았다. 이것이 어떤 의미도 가지고 있지 않다면 김소월은 굳이 '영변에 약산'이라고 말하지 않았을 것이다. 따라서 이 시의 온전한 평가를 위해서는 무엇보다도 영변의 약산에 피어있는 진달래꽃에 초점이 맞춰져야만 한다. 영변의 약산동대는 서관西關의 명승지로서, 그곳을 둘러싼 많은 전설과 민요가 전해지고 있다. 먼 옛날 어떤 고을 수령守領의 외딸이 약산에 찾아왔다가 그 강의 절벽에서 떨어져 죽었고, 그 죽은 넋이 진달래가 되어 약산을 뒤덮고 있다는 전설이 전해지고 있다.

분명히 김소월은 약산동대의 전설과 민요를 알고 있었을 것이고, 특히 수령의 죽은 외딸의 넋이 진달래꽃이 되었다는 전설을 의식한 채 이 「진달래꽃」을 썼을 것이라는 추정이 가능해 진다.

4. 결結

영변의 약산 동대는 수많은 문인들이 노래한 영산靈山이다. 승경의 자연성과 연주성의 역사성을 모두 지니고 있는 명산 중에 명산이다. 고구려 시대 외침을 막으려고 쌓은 성을 간직하고 있으며, 임진왜란 때 선조가 피난했던 곳으로 유서 깊은 역사성을 가진 산이다. 또 약산이라는 이름이 붙어지게 된 약초와 약수와 관련된 전설을 품고 있는 산이기도 하다.

영변의 약산 동대는 관서팔경의 하나로서 봄에는 진분홍빛 진달래꽃의 만발과 천하일품의 단풍이 물드는 빼어난 경관을 자랑하는 곳이다. 그 뿐만이 아니다. 유수히 흐르는 구룡강이며, 천주사天柱寺·서운사棲雲寺·수운사水雲寺·수국사守國寺·학귀암鶴歸庵 등의 사찰이 있는 탈속한정의 공간적 기능도 지니고 있다. 이러한 조건들은 마땅히 작품의 문학적 장치라고 할 수 있는 상상력의 진원지이다. 다시 말해서 영변의 약산은 영변 약산만의 특징적인 모습을 독특한 개성으로 미적 형상화가 가능한 표현미를 포착하는 계기를 제공해 준다.

어촌 심언광은 영변의 약산을 아름다운 풍광으로만 감상의 대상으로 삼은 것이 아니라 시인의 정서와 현실을 비추어 보는 거울의 요소를 지닌 도道의 실체를 파악하는 공간으로 인식하였다. 영산의 약산을 바라보며 시인이 지니고 있는 인성을 약산 동대나 진달래꽃에 투사投射, projection하여 인격성을 표상하는 계기로 삼았다는 점은 어촌 심언광의 풍격風格의 진면목을 보여주는 일로 수용되어야 한다.

문인이나 시인들이 산에 오르고 강물을 바라보는 일은 자연이 주는 기상과 단단한 인성의 내면으로 체득하여 윤리에 이탈하려는 욕망을 가라앉히고 본성을 보존하려는데 있다. 약산 동대東臺의 대석암반臺石岩盤에 새겨놓은 '인간에는 이에 견줄 바위 없으니人間無比石/천하에 이름난 대臺로다天下有名臺'의 글귀가 말해준다. 어촌 심언광에서 김소월에 이르기까지 모든 문인들이 영변 약산 동대를 읊었다. 그것은 명승지 영변 약산의 산수를 통해 인격 수양과 동시에 자연이 지니고 있는 포용력을 배우고자 했다. 인간이 인간을 그리워 할 수 있다醉來濩落生遐想는 것도 어촌 심언광의 고수의 인격이 심연에 존재하기 때문이다.

12

조선 선비들의 로망
관동팔경 유람

이상균_강릉원주대학교 교수

우리 선조들은 자연을 애호愛好했다. 선조들은 유람을 통해 산수의 경관을 즐기며 심신을 수양고자 했다. 조선시대에 오면 산수 유람의 열풍이 불었다. 조선시대 선비들 사이에서는 일생에 산수 유람을 한번 이상 결행하지 않으면 당시 문화흐름의 대세에 무지몽매한 사람취급을 받을 정도로 산수 유람의 풍조가 유행했다.

선비들에게 있어 산수 유람은 풍류를 즐기는 것을 넘어 도道를 체득하고, 공부하며 자신을 수양하는 것이었다. 자연은 구도求道의 공간, 강학講學의 공간, 심신수양의 공간이었다. 그리고 자연은 문학작품의 가장 큰 소재였다. 선비들은 시문詩文 창작을 위해 자연을 찾았고, 자연을 주제로 한 수많은 유람시遊覽詩와 산문형식의 여행기록인 산수유기山水遊記를 쏟아 냈다. 유람 한 후에는 반드시 느낀 감흥을 시로 담아내거나, 여정을 기행문 형식으로 기록한 것이다. 자연은 문학작품으로 다채로이 표출되었다.

이러한 조선시대 유람문화 속에서 선비들에게 가장 주목받았던 경승지는 관동의 금강산과 관동팔경이었다. 선비들이 꿈에 그리던 유람코스는 금강산과 관동팔경을 함께 보는 것이었다. 금강산은 고려시대부터 유람객의 발길이 끊이지 않았다. 고려후기 문신 최해崔瀣(1287~1340)의 기록에 금강산은 "겨울철 눈으로 땅이 얼거나 여름철 장마로 물이 넘쳐 길이 험할 때를 빼고는 유람 가는 사람들이 길 위에 줄지어 서 있다."라고 하여 고려후기 이미 유람명소로 이름나 있었던 것을 알 수 있다. 고려시대 금강산은 담무갈보살이 상주한다는 불세계로 이름나 있는 최고의 불교성지였다. 이로 인해 고려후기에는 금강산의 사찰에 예불하는 사람들이 계층을 막론하고

줄을 이어 암자가 일 년에 백 개씩 불어날 정도였다고 한다.[1] 금강산은 신라와 고려를 거치면서 불교성지로서 명성을 얻었을 뿐만 아니라 경승 자체로도 국내에서 가장 수려한 지역이었다. 금강산은 웅장하고 기이한 형상으로 인해 사람들로 하여금 이를 보고자 하는 흥취를 유발시켰고, 유람지로는 선망의 대상이었다.

금강산 유람의 성행과 함께 금강산이 소재해 있는 관동지역 또한 유람의 명소가 된다. 고려의 이규보李奎報(1168~1241)는 관동의 산수를 국내 최고로 칭송하고 한 번 보았으면 죽어도 여한이 없겠다는 여운을 남겼다.

> 내가 듣기로 산수의 기이함과 수려함은 관동이 최고라고 한다. 금란金蘭(통천)의 총석叢石·단혈丹穴과 고성의 삼일포와 익령翼嶺(양양)의 낙산 같은 곳이야말로 비록 봉래蓬萊·방장方丈을 보지 못했지만 능히 이보다 못할 것으로 생각된다. 내 일찍이 진실로 거기를 한 번 보았으면 비록 죽어도 한이 없겠으나 다만, 속진에서 벗어나지 못하고 천리나 멀다 여기며 근심하여 동쪽만 바라볼 뿐이었다.[2]

이규보는 관동의 산수를 본 적이 없었다. 그럼에도 그 경치를 극찬하고 있는 것은 고려시대에 이미 관동산수에 대한 인식과 유명세

---

1 『拙藁千百』 권1, 文「送僧禪智遊金剛山序」.

2 『東國李相國集』 권21, 序「送全右軍奉使關東序」.

가 어떠했는가를 짐작하고도 남는다. 이규보가 극찬한 경승은 관동팔경이 있는 오늘날의 영동지역이었다. 조선시대에 오게 되면 금강산과 관동팔경을 함께 유람하는 것이 관례였고, 산수 유람을 꿈꾸던 사람들은 이 여정을 최고로 여겼다. 특히 강릉의 경승은 국내 팔경문화의 효시가 되는 지역이었다. 우리나라는 고려 말부터 국내의 경승을 대상으로 팔경이 만들어지는데, 김극기金克己(1379~1463)는 가장 이른 시기에 한국의 팔경시를 창작하였다. 김극기는 사신의 임무를 띠고 강릉에 갔다가 승경에 취해 「강릉팔경시江陵八景詩」를 남겼는데, 이 시가 한국팔경시의 효시이다.[3] 관동팔경도 강릉의 경승을 시작으로 이른 시기에 만들어지게 되는 것이다. 관동팔경은 16~17세기 초 문인들의 인식 속에서 정형화되었다.[4]

조선시대의 관리들은 관동관찰사 보임을 금강산과 관동팔경을 비롯해 평소 가보기 힘든 곳을 두루 유람할 수 있는 좋은 기회로 삼았다. 이행李荇(1478~1534)은 1525년 관동관찰사로 부임하는 민수천閔壽千에게 관찰사 보임의 기회에 누구나 한번 쯤 꼭 가보고 싶어 하는 유명한 관동의 형승을 유람하게된 것을 축하하고 있다. 민수천이 안찰하는 여가에 필시 명승지를 샅샅이 찾아 구경하게 될 것이라 하고, 유람한 일을 자신에게 소상히 얘기해 줄 것을 부탁하고 있다.[5] 최립은 선조 때 관동관찰사로 부임하는 박동량朴東

3 안장리, 『한국의 팔경문학』, 집문당, 2003, 46~51쪽.

4 관동팔경의 정형화 과정과 장소는 이상균, 「조선시대 유람문화 연구」, 강원대학교 박사학위논문, 2013, 27~33쪽 참조.

5 『容齋集』 권9, 散文 「贈閔耆叟壽千觀察嶺東序」.

亮(1569~1635)에게 "박공이 이제야 기막힌 유람을 하게 되는구나"라 하며 관동관찰사 부임은 금강산과 동해안에 산재해 있는 천하제일의 경승지를 유람할 수 있는 기회가 온 것이라고 축하해 주고 있다.[6]

이밖에도 조선시대 문인들이 관동의 지방관으로 부임하는 지인에게 써준 전별의 글 대부분에 관동의 수려한 경승을 논하면서 유람하길 권하는 내용이 담겨져 있다. 이는 전별의 아쉬움을 담아 써준 글이긴 하지만, 실제 관동지역에 부임한 관료들 대부분 순력巡歷을 기회로 관동의 경승을 유람하였다. 가장 대표적인 실례가 1580년 정철鄭澈(1536~1593)이 관동관찰사 재임시절 도내를 순력한 후 지었던 기행가사 『관동별곡』이다. 그리고 관동팔경이 널리 회자된 영향을 『관동별곡』으로 보고 있기도 하다. 『관동별곡』에는 산영루·총석정·삼일포·청간정·의상대·경포대·죽서루·망양정 등을 동해안의 명승으로 제시하였고, '관동팔경'이라는 용어는 직접적으로 사용하지는 않았다. 그러나 정철의 『관동별곡』은 후대 기행문학에 큰 영향을 끼친 작품으로서 여기서 제시한 동해안 명승지는 관동팔경의 장소 고착화에 큰 영향을 끼쳤다.

조선 후기 실학자인 홍대용洪大容(1731~1783)은 관동팔경을 국내 제일의 경승으로 꼽고 있다.[7] 조선 후기에는 관동팔경을 비롯한 강원도 동해안인 영동지방이 국내에서 유명한 경승으로 이름나 있

6 『簡易集』 권3, 序「送朴子龍公江原監司序」.

7 『湛軒書』 外集 권2, 杭傳尺牘「乾淨衕筆談」.

었고, 유람명소로 자리 잡았다. 조선 문인들의 글속에는 관동팔경을 격찬한 내용이 무수히 많이 나타나고 있다.

관동팔경은 많은 사람들이 유람하길 소망했다. 시인묵객들의 발길이 끊이질 않는 당대 최고의 유람명소로 각광받는다. 관동팔경 곳곳에는 당대 명사名士부터 무명의 선비들에 이르기까지 이들의 시문과 자취가 남겨져 있다. 화원들에게도 가장 각광받는 기행사경의 장소였다. 정선鄭敾(1676~1759)과 김홍도金弘道(1745~?)를 필두로 하여 조선 후기 많은 화원들이 관동팔경을 화폭에 담아가며 우리나라 산천의 아름다움을 진경산수로 꽃 피우게 했던 장소로도 명성을 얻었다. 관동팔경은 전시기를 걸쳐 사람들에게 동경의 대상이 되었다. 국내에서 단연 으뜸가는 유람의 장소로 유람을 성행시킨 명승이었다. 관동팔경은 조선 후기로 갈수록 선대의 유람자들이 남겨놓은 산수유기나 그림 등을 통해 유명세가 회자되고, 이를 동경하는 사람들의 유람욕구를 더욱 증가시켰다. 그러므로 관동팔

전 김홍도 필, 『해동명산도첩』 중 「경포대」, 1788년 이후, 지본담채, 30.5×21.5㎝, 국립중앙박물관

경은 관동지역을 세간에 알리는 데 큰 역할을 한 명승이었다.

관동유람의 유행은 강릉을 찾는 유람객들도 증가시켰다. 강릉은 관동팔경 중 하나인 경포대가 있었다. 경포대는 서거정徐居正(1420~1488)이 조선 최고의 경승으로 칭송할 만큼,[8] 일찍부터 전국 제일의 경승지로 손꼽히는 곳이었다. 또한 경포대는 호수·바다와 같은 수려한 경관을 지니고 있다는 경관적 의미 외에도 당대 걸출한 문사들의 시문이 현액으로 걸려있었고, 특히 이이의 10세작 「경포대부鏡浦臺賦」는 단연 으뜸가는 관심 대상이었다.[9] 강릉을 찾은 유람객들은 경포대를 필수코스로 유람하였고, 아울러 경포대와 지근거리에 있던 해운정을 함께 찾는다.

해운정은 어촌漁村 심언광沈彦光(1487~1540)이 1530년 강원도 관찰사 재임시절 강릉 경포호변에 건립한 누정이다. 심언광은 1537년(중종 27) 이조판서 재임 시 명사明使 공영경龔用卿과 오희맹吳希孟이 명나라 황태자 탄생을 알리는 사신으로 조선에 왔을 때 관반사로 임명되어 이들을 수행했다. 심언광은 명사와 시를 수창 할 정도로 문장에 뛰어 났다. 공용경은 심언광에게 '鏡湖漁村'이라는 편액과 화선畫扇에 오언율시를 써 주었고, 오희맹은 '海雲小亭'이라는 편액과 비단 부채에 두절의 시를 써서 기증했다. 이후 이이李珥(1536~1584)·송시열宋時烈(1607~1689)·김창흡金昌翕(1653~1722)

---

8 『四佳集』 권1, 記 「江陵府雲錦樓記」.

9 조선 말기의 문인 이유원의 경우는 1865년 유람 중 경포대에 올라 이이의 「경포대부」를 보고 감탄하여, 자신의 유람기록에 전제해 놓기도 했다(『林下筆記』 권37, 蓬萊秘書 「鏡浦臺」).

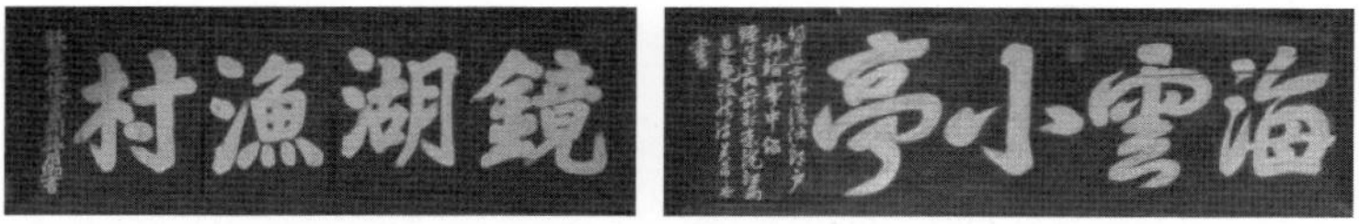

해운정에 있는 공영경·오희맹의 '鏡湖漁村'과 '海雲小亭' 편액

등 많은 문사들이 명사明使의 시에 차운하였다. 이들의 시문은 어촌의 후손들이 해운정에 판각하여 걸거나 소장하고 있었다.

해운정에 명사明使의 시판이 걸린 후, 강릉의 선비와 강릉부사들이 반드시 찾아 이를 감상하고 그 자취를 기리게 된다. 특히 명나라가 멸망한 이후 중화를 존모하던 조선의 선비들이 명사明使의 시를 보고자 해운정을 찾고, 그 시를 보고 차운한다. 이외에 강릉을 찾는 타지의 유람객들도 해운정을 찾게 된다. 조선시대에는 자신이 유람하는 곳에 선현의 유적과 자취가 있으면 그곳을 찾아 선현을 추념하고 기리는 것이 하나의 전통이었다. 해운정은 명사明使의 시와 더불어 이이·송시열과 같은 당대 거유巨儒의 필적이 남아있어 이들의 학통을 이은 노론老論계 인사들이 강릉을 유람 오면 반드시 찾아 이들을 기리는 명소로 부각된다.

해운정에는 해운정이 창건된 1530년 직후인 1538~1989년까지 약 450여 년간 해운정을 다녀간 1,408명의 명단이 기록되어 있는 『해운정역방록海雲亭歷訪錄』(이하 '역방록')이다.[10] 이 자료는 조선

10 『해운정역방록』은 2001년 삼척심씨 종중에서 강릉오죽헌시립박물관에 기탁하였다.

시대 얼마나 많은 문사들이 해운정을 찾았는지를 방증해 준다. 방문자들의 방문 경위를 보면, 주로 관찰사나 강릉부사 등의 지방관 소임을 띠고 강릉에 왔다가 방분했거나,[11] 관동팔경 유람 중에 들렀다.[12]

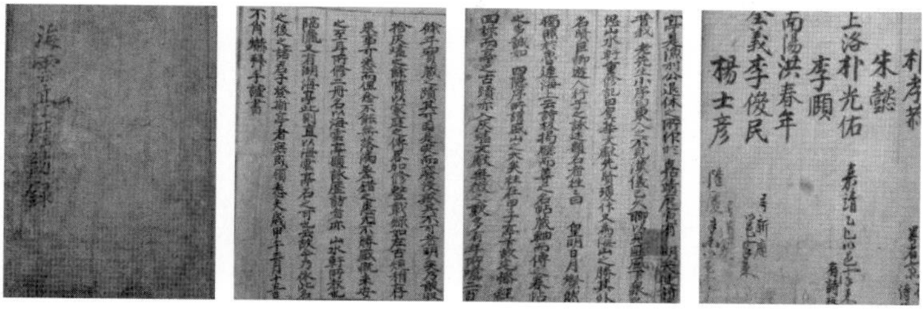

『해운정역방록』(강릉오죽헌시립박물관 소장)

관동유람의 유행을 통한 강릉 유람객 증가와 동시에 유람 시 선현의 유적을 찾았던 전통 속에서 해운정 또한 방문객이 성황을 이루게 되고, 대외적 지명도도 높아지게 된다. 해운정은 관동팔경과 더불어 유람 명소로 크게 부각되었다.

반면, 지역민들은 유람객들의 접대로 고통이 극심하였다. 관동팔경이 위치한 곳에 사는 지역민들은 유람사역과 접대가 싫어 유람객이 자주 찾는 명승을 훼손시키기도 하였다. 고성 삼일포 단애斷崖

11 강원도관찰사 6명, 강릉부사 100명이 해운정을 방문하였다.

12 『해운정역방록』의 서지사항 등 자세한 내용은 이상균의 「강릉 『해운정역방록』의 내력과 지역사적 가치」(『장서각』 40, 한국학중앙연구원, 2018)를 참조.

에는 영랑·술랑 등 신라의 사선四仙이 와서 놀았던 흔적인 "述郎徒南石行"이라는 암각이 5촌 깊이로 새겨져 있다. 이중 '徒'와 '行'자는 지역민이 유람 온 자들을 접대하기가 괴로워서 글씨를 깎아 내 희미해 졌다고 한다. 그리고 강릉 한송정터에도 정자가 있었는데 지역민이 유람객이 많이 찾아오는 것을 싫어하여 정자를 철거하였으므로 오직 석조石竈와 석지石池와 두 개의 석정石井만이 남아있었다고 한다.[13]

이처럼 관동팔경 유람은 조선 선비들의 로망이었다. 금강산과 더불어 관동팔경을 함께 찾아 유람하였고, 관동팔경의 시원이자 경승의 제일로 꼽히는 경포대가 있는 강릉지역은 단연 으뜸의 유람장소였다. 특히 명사와 당대 거유巨儒들의 시판이 걸려 있는 해운정은 중화를 존모하고 이들의 학통을 이어받은 강릉 내·외인이 찾는 유람명소로 거듭났다.

---

13 『稼亭集』 권5, 記「東遊記」. 『稗官雜記』(魚叔權, 권4)에 의하면 고을에 오는 유람객이 반드시 이 붉은 글씨를 찾으므로 한 군수가 그 번잡하고 비용이 드는 것을 싫어하여 돌로 글자를 쳐서 지워버렸고, 현재의 글씨는 뒤에 만들어내기 좋아하는 자가 있어서 다시 새긴 것이라고 한다.

제3부

어촌 선생의 숨결이 배어 있는 여기 이곳

13

강릉 누정문학의 산실
경포대와 해운정

이상균

우리나라는 일찍부터 누정樓亭문화가 발달해 왔다. 16세기 편찬된 『신증동국여지승람』에 수록된 누정만 해도 880여 곳이 넘는다.[1] 이나마도 당대 유명한 정자만을 수록한 수치이고, 『신증동국여지승람』에 수록되지 않은 누정까지 합친다면 그 양이 얼마나 방대하였는지 짐작조차 할 수 없는 실정이다. 조선에서의 누정문화는 선비들의 일상생활이라 할 정도로 친근한 문화였다. 풍치가 빼어난 곳에는 반드시 누정이 있을 정도였다.

누정은 인공 구조물이긴 하나, 그 공간에 오르면 사방의 경관 요소들이 한눈에 들어온다. 일찍이 안축安軸(1287~1348)은 「취운정기翠雲亭記」에서 "대개 누정이 지어져 있는 곳은 높고 훤히 트인 곳이 아니면 그윽하고 깊숙한 곳이다"[2]라고 하였다. 이와 같이 누정은 경승을 바탕으로 하여 위치하면서 주변의 자연경관을 비롯한 볼거리를 제공하고 대자연에 동화되는 즐거움을 주는 장소이다. 대부분 일상의 번다함에서 물러나 쉬고자 하는 장소에 누정을 마련하였으므로 속진俗塵과 어느 정도 거리를 두거나 또는 탈속脫俗의 기분을 느낄 만한 자연의 장소에 건립했다. 그리고 누정의 공간은 접빈接賓과 교유의 공간, 강학의 공간, 풍류의 공간 등 그 용도도 매우 다양하였다.

누정은 다양한 문화를 포용하고 있지만 대부분 경관이 수려하거나 풍치가 그윽한 곳에 세워졌으므로 누정에 오르는 선비들의 시

---

1 박준규, 「한국의 누정고」, 『호남문화연구』 17, 1987, 9쪽.

2 『謹齋集』 권1, 記 「翠雲亭記」.

문詩文 창작 욕구를 불러일으키는 계기를 제공하는 장소였다. 전통적으로 누정은 문학과 밀접한 인연을 맺고 있었다. 조선시대의 선비들은 경승지를 두루 유람하며 호연지기를 기르고 문기文氣를 함양하였다. 이러한 유람의 장소로 각광 받던 명승지에는 누정이 상존재해 있었던 것을 볼 수 있는데, 관동팔경이 모두 누정을 중심으로 정형화 되어있는 것이 그 대표적 일례다. 선비들이 이러한 곳의 누정을 방문했을 때는 반드시 그 감회나 심회를 시문으로 표출하였다.

대부분의 누정 관련 시문은 창작자가 해당 장소에 직접 가서 짓거나, 가본 경험을 바탕으로 창작되었다. 일부 기문記文의 경우에는 창작자가 직접 해당 지점을 가보지 않은 상태에서 글을 부탁하는 사람 혹은 그곳을 가본 사람의 말을 듣거나 기록을 읽어서 간접 경험한 것을 바탕으로 지어지기도 하였다. 누정과 관련된 이러한 창작 시문을 모두 포괄한 것을 '누정문학'이라 할 수 있을 것이다.

누정에는 주인과 친분이 있어 그곳을 출입하던 손님이나, 유람을 계기로 찾은 문객들에 의해 누정 특유의 면모 또는 정취를 담은 시문이 창작된다. 이 중 걸출한 문사들의 시문은 누정에 판각되어 걸리기도 한다. 처음에는 누정이 소재한 경관으로 인해 사람이 들었다가 후에는 시문의 명성으로 인해 누정이 더욱 알려지게 되고 많은 이들이 찾고자 하는 명소로 부각되며, 이는 또 다시 그 누정과 관련한 더 많은 시문이 창작되는 동기가 되어 그 누정은 누정문학의 산실로 거듭나게 된다.

강릉에서 이 같은 누정문학의 산실을 꼽자면 단연 경포대를 들

수 있다. 경포대는 강릉에서 가장 빼어난 경치를 자랑하는 경포호변에 자리 잡았고, 누정 가운데 가장 많은 사람들이 찾았던 곳이다. 경포대가 최고의 명승지로 인식되었던 이유는 누대 건물만을 가치 있는 것으로 본 것이 아니라 경포호와 주변 지역의 수려한 자연경관이 잘 어우러진 우수한 조화미調和美 때문이었다. 조선시대의 대문장가인 장유張維(1587~1638)는 경포대와 자연경관의 조화를 다음과 같이 극찬하였다.

> 우리나라 산수山水의 아름다움은 천하에 이미 정평定評이 나 있는 바이다. 그런데 팔도강산 곳곳에 승경勝景이 펼쳐지고 있지만 그중에서도 영동嶺東이 으뜸이요, 북쪽으로는 흡곡歙谷과 통천通川으로부터 남쪽으로는 평해平海와 울진蔚珍에 이르기까지 전개되고 있는 영동의 아홉 개 군郡 또한 각자 산해山海의 수려한 경치를 자랑하며 신선神仙의 굴택窟宅이라고 일컬어지고 있지만 그중에서도 임영臨瀛(강릉의 옛 이름)이 으뜸이요, 임영의 주위 1백여 리里에 걸쳐 형승形勝을 각자 차지하고서 기관奇觀을 뽐내는 공사公私 간의 정사亭榭가 또 한둘이 아니지만 그중에서도 경포대鏡浦臺가 최고로 꼽힌다.[3]

경포의 수려한 자연경관으로 인해 현재까지 경포호 주위에는 12

3 『谿谷集』 권8, 記 「鏡浦臺記」.

개의 정자가 있으며, 지금 존재하지 않는 것까지 합치면 16개에 이른다.[4] 특히 경포대와 관련된 많은 시문이 전하고 있는 것은 강릉이라는 지역적 특색에 기인하는 바가 크다. 강릉지역은 관동의 제일의 유람지였다. 그중 경포대가 제일가는 명승지로 꼽혔으므로 지역 내·외의 수많은 문사文士들이 찾아 유람하며 시문을 남겼기 때문이다. 현재 경포대와 관련된 전근대 시문은 한시 65제題 70수首, 기문記文 5편, 부賦 1편이 전한다고 한다.[5]

경포대에 제영題詠한 대표적인 강릉출신 인물들로는 심언광·박수량·박공달·이이·최운우 등이 있고, 강릉지역 외의 사람들로는 고려후기 백문보·안축, 조선시대 성현·신광한·이수광·윤증·송시열·김창흡 등 이름만 들어도 당대의 걸출한 문사들이 있었다. 특히 이이의 10세작 「경포대부鏡浦臺賦」는 경포대에 판각되어 걸렸고, 경포

강릉 경포대 전경과 내부의 기문

---

4 이규대·임호민, 『강릉의 누정자료집』, 강릉문화원, 1997, 11~15쪽.

5 용환진, 「경포대 제영 한시에 나타난 이상화의 양상 연구」, 『한문고전연구』 15, 2007, 102쪽.

대를 유람하는 이들에게 으뜸가는 관심 대상이었다.[6]

경포대와 더불어 많은 시문이 창작된 누정은 해운정이다. 해운정은 심언광이 지었다. 심언광은 1537년(중종 27) 이조판서 재임 시 명사明使 공영경龔用卿과 오희맹吳希孟이 명나라 황태자 탄생을 알리는 사신으로 조선에 왔을 때 접반사로 임명되어 이들을 수행했다. 이때 공용경은 심언광에게 '鏡湖漁村'이라는 편액과 화선畫扇에 오언율시를 써 주었고, 오희맹은 '海雲小亭'이라는 편액과 비단 부채에 두절의 시를 써서 기증했다. 이후 이이·송시열宋時烈(1607~1689)·김창흡金昌翕(1653~1722) 등 많은 문사들이 명사明使의 시에 차운하였다. 이들의 시문은 심언광의 후손들이 해운정에 판각하여 걸거나 권첩을 만들어 소장하고 있었다.

해운정 주인인 심언광이 지은 한시는 그의 문집인 『어촌집漁村集』에 수록된 것만 848수이다.[7] 그러나 이는 대부분 해운정을 대상으로 지은 것이 아니다. 해운정과 관련된 시문은 현재 해운정에 판각되어 약 52편이 전한다.[8] 그러나 원래 이보다는 훨씬 더 많았다. 해운정 방문기록인 『해운정역방록海雲亭歷訪錄』의 서문을 보면, 해운정에는 송시열을 비롯한 김창흡 등 많은 문사文士들이 명사明使의 시에 차운하였고, 이들의 시축이 보관되어 있는데, 이

6 조선 말기의 문인 이유원의 경우는 1865년 유람 중 경포대에 올라 이이의 「경포대부」를 보고 감탄하여, 자신의 유람기록에 전제해 놓기도 했다(『林下筆記』 권37, 蓬萊秘書 「鏡浦臺」).

7 박영주, 『어촌 시 평설』, 강릉문화원, 2015, 209쪽.

8 김종서, 「어촌 심언광과 해운정-해운정에 걸린 현판을 중심으로」, 『한문학보』 37,

강릉 해운정 전경과 내부의 시판

러한 권첩 등의 관련 문건이 '성대한 산'과 같다고 하였다. 『해운정역방록』의 서문은 심언광의 후손인 심혁沈爀(1739~1811, 후에 '煿'으로 개명)이 섰는데, 시축이 '성대한 산'과 같다는 것은 이담李橝(1629~1717)의 말을 빌린 것이다. 이담은 송시열의 문인이었다. 1684년 해운정을 방문하였을 때, 공용경의 시에 차운한 송시열의 시를 보고 자신도 차운하여 시를 쓰고 소서小序를 붙였는데, 여기서 해운정에는 "공용경의 시에 화답한 시가 많아, 마치 커다란 산과 같이 시축을 이루었다."고 한 것이다.[9] 그러나 1744년 이 시축을 보관하고 있던 해운정 아래의 집에서 화재가 나서 시문 권첩을 포함한 많은 문건들이 소실되었던 것이다.[10]

해운정이 위치한 장소 또한 경포호변에 자리하고 있어 주변 풍광이 경포대 못지않게 수려하다. 그러므로 심언광이 강원도관찰사 재

9 이담의 시는 해운정에 판각되어 걸려있다.

10 이상균, 「강릉 『해운정역방록』의 내력과 지역사적 가치」, 『장서각』 40, 2018, 260쪽.

우암 송시열이 쓴 '해운정' 현판과 시판

임시절 이곳에 해운정을 지은 것이다. 그런데 해운정에 판각되어 걸려있는 시문의 내용적 성격은 경포대와는 판이하게 다르다. 심언광 사후 많은 이들이 해운정을 방문하거나 유람하고 시문을 남겼는데, 경포대 시문은 주로 경관에 대한 감흥을 읊은데 반해, 해운정 시문은 이러한 경관에 대한 찬양과 감상에 더불어 중화中華에 대한 존모의식과 우암 송시열과 같은 선현에 대한 흠모의 내용들이 더해지고 있다. 그러므로 이러한 시문을 지은 작자 또한 송시열의 문인이었던 노론老論계 인사들이 주류를 이룬다.

지역을 대표하는 명승지에 건립된 누정을 구심점으로 산출된 시문들은 통상 심신의 여유를 통한 휴식공간에서 이루어지는 문학적 특징을 가지고 있다. 그러므로 주변 경관의 묘사나 감흥, 안식의 즐거움 등이 기본적으로 시문에 표출된다. 그리고 사물에 대한 인식태도, 인생관, 처세관, 자신이 추구하는 사상과 정서 등이 담겨있다. 경포대를 소재로 한 시문의 경우 이러한 누정문학의 전형적인 모습을 투영하고 있는데 반해 해운정은 이에 더하여 전혀 또 다른 양상의 문학적 표출양상을 함의하고 있는 것이다. 물론 이 문제는 좀 더 심도 있는 논의가 필요하겠지만 적어도 경포대와 해운정은 경포호를 주 경관으로 하여 비슷한 장소에 건립된 누정이었음에도 방문하는 사람들은 그 누정에서 중심적으로 여겨보아야 할 사물, 또는 사유인식을 달리 한 것은 분명하다.

경포대는 관官에서 건립한 공해公廨 건물로서 이를 마주하고 창작한 시문에서는 건립주체에 대한 인과관계나 미적 형상화가 거의 없을 수밖에 없었고, 주로 주변 경관이나 경포대가 품고 있는 이야기에 대한 심미적 요소를 발현시켰다. 반면, 해운정은 '심언광'이라고 하는 건립 주체가 명확하고, 이 인물과 인과관계에 있는 시문의 소재거리가 매우 다양하였다. 그러므로 경관에 더하여 해운정 주인에 대한 이야기, 중화에 대한 존모의식, 선현에 대한 추모의식을 강하게 추동하는 매력을 가지고 있었던 것이다.

경포대와 해운정은 모두 경포호라는 경승을 감싸 안으면서 찾아오는 이들로 하여금 호방한 분위기와 무한한 사유의 세계를 안겨준다는 분명한 공통점을 가지고 있었다. 두 정자 모두 경치가 아름다워 사람들의 관심을 끌고 이를 바탕으로 한 수많은 시문이 창작되어 그 문화적 의미를 획득하였다. 또한 서로 각자의 개성 있는 특징을 가지고 조선 지식인들 사이에서 누정문학의 산실로 널리 공감을 얻게 되고, 이를 통해 강릉지역 문화를 상정想定할 만한 대표적 상징물로 자리를 굳히게 되는 것이다.

14

단아한 멋으로 다가온 해운정

차장섭_강원대학교 교수

우리나라는 누정의 나라라는 말이 있을 만큼 樓亭이 많다. 누정은 아름다운 경관을 감상하기 위해 사방을 볼 수 있도록 다락식으로 마루바닥을 지면에서 한층 높게 만든 건축물을 말한다. 누정은 樓閣과 亭子를 함께 일컫는 것이지만 『신증동국여지승람』 누정조에서 보는 바와 같이 樓·亭·堂·臺·閣·軒 등으로 다양한 이름을 가지고 있다. 정자는 누각에 비해 상대적으로 작은 건축물이지만 일반적으로 놀거나 휴식할 장소로서 산수 좋은 높은 곳에 세운다는 면에서는 동일하다.

정자에 앉으면 대자연 속에 동화되듯 때로는 물과 함께 억겁의 세월 속에서 함께 흐르기도 하고 때로는 광활한 허공에서 거침없이 시공을 초월하기도 한다. 정자는 건축물 그 자체보다는 장소 선택의 의도와 동기, 그리고 그 정자를 이룩하고 즐기던 사람의 마음, 이런 것들이 어우러져서 우리를 형이상학의 세계로 빠져들게 한다. 더구나 이러한 정자는 어느 시대, 어느 장소를 막론하고 사람들의 정서를 순화시켜 준 벗으로서 그 의미가 각별하다.

海雲亭은 심언광이 경포호 옆에 건립한 정자이다. 본고에서는 해운정의 건축적인 측면, 실용적인 측면, 문화적인 측면에서 고찰하고자 한다. 첫째, 건축적인 측면에서 해운정의 건립 과정과 건물의 특성, 그리고 자연적인 배경이 되는 아름다움을 구명하고자 한다. 주변의 뛰어난 자연 환경과 정자의 조화를 통한 해운정의 아름다움을 밝히고자 한다. 둘째, 실용적인 측면에서 해운정을 건립한 심언광이 실제 정자의 주인이 되어 정자에 올라 주변 경관을 감상하면서 살아가는 삶을 검토하였다. 셋째, 문화적 측면에서 해운정에 왔던 사람들의 작품을 감상하고자 한다. 해운정에서 올라 느꼈던 감흥을 시인은 시로써 노래했고, 서예가는 글씨를 썼으며, 화가는 그림을 그렸다. 이를 통해서 해운정에 대한 시인묵객의 평가를 읽고자 한다.

심언광, 경포호에 해운정을 건립하다

海雲亭은 심언광이 건립한 정자이다. 해운정의 건립연대는 1530년으로 알려져 있다. 해운정 안에는 權震應과 申獻朝가 지은 「海雲亭重修記」가 걸려 있다. 권진응이 지은 「해운정중수기」는 1530년(중종 25) 해운정이 건립된 후 정자의 훼손으로 1774년(영조 50) 중수하면서 작성되었다. 그리고 1803년(순조 3) 또 누정이 오래되어 허물어지자 중수하였고 그 사실을 신헌조가 「海雲亭重修記」를 통해 기술하였다.

해운정은 심언광이 강원도 관찰사로 재임하면서 건립했다고 전해진다. 그런데 심언광이 강원도 관찰사로 부임한 것은 이듬해인 1531년(중종 26) 8월이다.[1] 조선시대 고택의 건립은 지방관으로 부임하면서 건축되는 사례와 많다.[2] 따라서 해운정도 심언광이 강원도 관찰사로 부임하기 전 해인 1530년에 착공하여 1531년에 완공

---

1 『중종실록』 71권, 중종 26년 8월 13일 갑오. '심언광을 강원도 관찰사에 제수하였다.'

2 거의 동시대 인물인 晦齋 李彦迪(1491~1553)이 경상도 관찰사로 부임하면서 고향인 경주 양동마을에 무첨당과 향단을 건축한 것과 유사하다.

한 것으로 판단된다.

해운정은 경포호를 배경으로 한 정자이다. 경포호는 우리나라 동해안에 있는 호수 가운데 최고의 명승지이다.[3] 경포호는 鏡湖, 君子湖 등으로 불렀다. 鏡湖란 호수가 거울처럼 깨끗하다고 하여 붙여진 이름이며, 君子湖는 호수의 수심이 얕지도 깊지도 않은 것이 군자와 같은 풍모를 가졌기 때문에 붙여진 이름이다. 주위에 소나무 숲이 우거진 경포호의 풍광을 『東國輿地勝覽』에서는 다음과 같이 기록하였다.

> 북동쪽 15리에 있다. 포의 둘레가 20리이고 물이 깨끗하여 거울 같다. 깊지도 얕지도 않아 겨우 사람의 어깨가 잠길만하며 사방과 복판이 꼭 같다. 서쪽 언덕에는 봉오리가 있고 봉오리 위에는 누대가 있으며, 누대 가에 선약을 만들던 돌절구가 있다. 포 동쪽 입구에 판교가 있는데 江門橋라 한다. 다리 밖은 竹島이며 섬 북쪽에는 5리나 되는 백사장이 있다. 백사장 밖은 滄海萬里인데 해돋이를 바라볼 수 있어 가장 기이한 경치이다. 일찍이 우리 태조와 세조께서 순행을 하다가 여기에 御駕를 멈추었다.

해운정은 조선시대 상류주택 별당別堂으로 건축된 정자이다. 경

3 權震應, 「海雲亭重修記」.

포호 주변에는 해운정을 비롯하여 경포대, 경호정, 호해정, 매학정, 상영정, 금란정, 취영정, 환선정, 활래정, 방해정 등 많은 누정이 건립되어 있다. 이런 누정들은 지역의 儒林들이 정기적으로 회합하는 장소였으며, 때로는 유명인사들이 찾아와 자연 풍광을 감상하고 시를 짓는 문화 향유 공간으로 활용되었다. 이들 가운데 건립주체나 운영 주체에 따라서 그 성격이 구분된다. 경포대는 유일하게 관아에서 운영하는 누정이었다. 그리고 경호정, 호해정, 매학정, 환선정 등은 강릉에 거주하는 재지사족들이 소요와 접객 그리고 학문 토론을 위해 개인적으로 건립 운영한 정자이다. 상영정, 금란정, 취영정 등이 士族契가 보편화 되면서 집회와 결속, 시론의 장소를 건립한 누정이다. 해운정과 활래정, 방해정은 상류주택의 별당이다. 해운정이 심언광이 지은 별당 형식의 정자였으며, 활래정과 방해정도 선교장의 별당이었다. 이들 개인 주택의 별당 건축으로서 누정은 수많은 손님들과 교유하는 비교적 개방적이고 공공적인 접객장소로 이용되었다.

해운정은 성리학적 사상을 담은 건축물이다. 조선시대 성리학은 고려시대 불교가 화려하고 장중한 건축을 추구한 것과 대조적으로 검소하고 단아한 건축을 지향하였다. 해운정은 정면 3칸, 측면 2칸으로 구성되어 있으며 전체적으로 6칸의 단아한 건축물이다. 정면에서 보면 우측 2칸은 대청마루로 되어 있으며, 좌측 1칸은 온돌방으로 되어 있다. 특히 온돌방은 중간에 3분합문을 설치하여 전후 2개의 방으로 나누었다. 남북으로 온돌방을 2개로 분리할 수 있도록 하여 손님이 들 경우 그들의 개인적인 私生活을 보호해주는 배려의 장치를 마련하였다.

기단은 전면에 2단의 석축을 쌓아서 화단을 조성하였다. 그리고 그 위에 長臺石의 甲石으로 마감하였다. 지붕은 단층 팔작지붕이며, 기둥은 자연 초석 위에 세웠다. 초석은 잘 다듬어지지 않은 화강암 자연석을 사용하였으며, 기둥은 사각형의 方柱이다. 기둥은 平柱 6개, 隅柱 4개와 건물 내부에 우물마루와 온돌방 사이의 칸막이벽 부분에 세워진 기둥 1개로 모두 11개의 기둥으로 구성되어 있다.

기둥의 상부에는 창방으로 결구하였고, 기둥머리에 翼工과 직교하고 그 위에 柱頭를 놓았다. 평주 상부에는 창방과 직교하는 익공위에 부두를 놓고 대들보와 충량을 받게 하였다. 우주의 상부에는 창방 뺄목을 쇠서형으로 각刻하여 초익공으로 처리하였다. 臺工은 그 형태가 정교하며 쇠서형의 조각장식과 첨차와 접시받침을 가지고 있으나 종보 위에는 매우 간단한 제형대공을 사용하였다. 대청의 천장은 합각부는 우물천장으로 하였으며, 그 이외에는 모두 연등천장으로 장식하였다.

이처럼 해운정은 민간 주택 건축물 가운데 오죽헌 다음으로 오래된 건물이며, 경포호 주변에 있는 누정 건축물 가운데는 가장 오래된 건축물이다.

심언광 낙향하여 해운정에 은둔하다

심언광의 본관은 삼척이며, 자는 士炯, 호는 漁村이다. 강릉 지역에 세거해 온 삼척심씨의 8세손이다. 부친은 예조좌랑을 지낸 沈濬, 모친은 江陵金氏로 사직 金普淵의 딸이다. 형은 찬성을 지낸 沈彦慶이다. 1507년(중종 2)에 진사가 되고 1513년(중종 8)에 식년 문과에 급제한 뒤 예문관검열이 되었다. 그 뒤 湖堂에 들어가 사가독서하면서 문명을 날려, 持平·正言·掌令·홍문관교리·執義 등의 청요직을 두루 지냈다. 應教, 大司諫 등 언관을 역임하면서 국방문제의 중요성을 제기하였고, 국가기강의 확립을 위하여 沈貞을 비롯한 권간들의 횡포를 탄핵하였다.

1530년 대사간이 되어서는 형 심언경과 함께 金安老의 등용을 적극 주장, 실현시켰다. 그러나 김안로가 조정에서 실권을 장악하면서 붕당을 조직하고 대옥大獄을 일으켜 사림들을 모함하자, 비로소 지난 날 자신의 추천행위를 후회하기에 이르렀다. 특히 김안로가 자신의 외손녀를 동궁비로 삼으려 하자 이를 질책하였고, 이를 계기로 두 사람 사이에 틈이 생겼다. 1536년 이조판서가 되고, 이어서 공조판서를 역임하면서 김안로의 비행을 비판하자 김안로의 미움을 받아 이듬해 함경도관찰사로 좌천되었다.

1537년(중종 32) 김안로와 그 일당이 축출되자, 공조판서가 되었다가 다시 의정부 우참찬에 올랐다.[4] 그러나 과거에 심언광이 김안로를 이끌어 등용했다는 일로 인하여 1538년(중종 37)대사헌 梁淵의 탄핵을 받아 파직되고 강릉으로 낙향하였다. 강릉 고향집으로

4 중종실록 86권, 중종 32년 11월 14일 기축.

돌아온 심언광은 한동안 마음속의 울분을 쉽사리 삭일 수 없었다. 김안로를 등용한 것이 크나큰 실수였음을 후회하면서도 자신의 억울함을 풀길 없는 답답함을 호소하였다. 그리고 대궐이 있는 서쪽을 바라보며 임금을 그리워하는 마음을 담은 '望西堂'을 지어 국왕에 대한 충정을 나타내기도 하였다.

호숫가에 별장에 이르다	**到湖莊**
작은 집이 호숫가에 있으니	小築臨湖水
그윽하게 자리하여 몸 맡기기에 충분하네	幽棲足護持
소나무와 삼나무 높이 자라 집을 덮었고	松杉高過屋
복숭아와 오얏나무는 울창하게 울타리를 이루었네	桃李鬱成籬
엄한 견책을 만나 나라를 등지고	負國遭嚴譴
성대한 때에 명예를 잃었으니 부끄럽네	虧名愧盛時
평생 신체를 보존하였으니	全生保骸骨
천지에 더할 수 없는 은혜를 입음이라	天地有洪私

그러나 심언광은 경포호 옆의 해운정에서 마음을 평온을 회복하기 시작하였다. 해운정에서 생활을 노래한 다음과 같은 시에서 이러한 심경을 살펴 볼 수 있다.[5]

5 심언광, 『어촌집』「귀전록」.

경포호수에 살 곳을 정하다	**鏡湖卜居**
작은 섬이 호수 곁에 있고 호수는 깊어	小嶼臨湖湖水深
십년이나 살고 싶던 마음을 등졌었네	十年空負卜居心
다른 날 달 밝아 배를 타는 나그네	他時明月孤舟客
응당 이는 청삼이니 옛 한림이리라	應是靑衫舊翰林

호숫가 집	**湖舍**
작은 집 지음에 참으로 은자의 거처이니	小築眞衡泌
한가히 지내며 배고픔을 달랠 만 하네	棲遲且樂飢
담장은 낮아 구름도 쉬이 넘나들고	墻低雲易度
창은 고요하여 달이 먼저 엿보네.	窓靜月先窺
대나무 심어 황폐한 빈터에 이어졌고	種竹連荒畽
여러 넝쿨 끌어다 작은 울타리 만들었네.	牽蘿補短籬
한가로이 지내도 할 일은 많으니	幽居亦多事
아침 저녁 일과로 시를 읊조린다네.	晨夕課吟詩

심언광은 5세손이며 우암 송시열의 문인인 沈澄의 세 번에 걸친 상소로 인해 신원되었다. 심징은 심언광이 김안로를 인진한 것은 기묘사림을 등용하고자 한 것이므로 이는 마음으로 행한 죄가 아니라고 상소하였다. 1680년(숙종 6) 심징이 널리 문적을 수집하여 임금의 가마 앞에서 신원을 주청하였다. 1684년(숙종 10)에 다시 상소하였으며, 그 해 8월에 다시 상소하니 특별히 관작을 회복하라는 명이 내려져 특별히 직첩을 환급하였다. 그리고 8대손인 심상현의 諡號

요청에 1761년(영조 37)에 '文恭'이라는 시호가 추증되었다.[6] 시호의 뜻은 총명해 학문을 좋아 함을 '文'이라 했으며, 이미 허물을 알고 이를 고치기를 주저하지 않았기 때문에 '恭'이라 한 것이다.

해운정의 감흥, 詩·書·畵가 되다

해운정은 심언광에 의해 별당형식의 정자로 건축된 이래 수많은 사람들이 다녀갔다. 해운정이 창건된 직후인 1538년부터 1989년까지 약 450여 년간 해운정을 방문하였던 1408명이다. 이들의 이름을 기록한 해운정 방명록이 『海雲亭歷訪錄』이다. 조선시대 私的 공간을 방문한 현존 最古·最大의 방명록이다.[7] 이는 해운정의 명성을 단적으로 표현해 주는 것이다. 이처럼 해운정을 다녀간 시인 묵객들은 해운정에서 느낀 감흥을 자신의 색깔로 노래하였다. 시인은 시를 남겼으며, 서예가는 글씨를 남겼고, 화가들은 그림을 남겼다.

해운정의 안과 밖에 걸려 있는 현판들은 다양할 분만 아니라 수많은 사연을 담고 있다. 해운정 건물 안에 걸린 '鏡湖漁村'과 '海雲小亭'은 명나라 사신 龔用卿과 吳希孟이 쓴 글씨이다. 1537(중종

6 김종서, 「어촌 심언광과 해운정」, 『어촌 심언광의 문학과 사상』 2, 강릉문화원, 2018, 126쪽.

7 이상균, 「강릉 『해운정역방록』의 내력과 지역사적 가치」, 『장서각』 40, 2018, 251쪽.

32)에 명나라 황제가 황세자의 탄신을 알리고자 한림원 수찬 龔用卿과 호과급사중 吳希孟을 사신으로 조선에 파견하였다. 이에 심언광은 사신을 접대하는 館伴使 가 되어 이들을 접대하였다. 그는 이들을 접대하면서 경포호와 해운정의 빼어난 경관을 설명하고 시 한 수를 부탁하였다. 심언광은 조정에서 벼슬살이를 하면서도 항상 고향 경포를 그리워하여 항상 방 한구석에 경포호와 해운정을 그려 놓고 '나에게 이같은 호수와 산이 있으니, 자손이 가난한 사람을 구제하지 못한다면 반드시 쇠퇴할 것이다'라고 하였다.[8]

이에 명나라 사신 龔用卿은 '鏡湖漁村'이라는 네 글자를 써 주었고, 또 부채에 오언시 한 수를 남겨 주었다. 그리고 부사 吳希孟은 '海雲小亭'이라는 네 글자를 써주었으며 아울러 흰 비단 부채를 하나를 주었다. 심언광 또한 白疊扇에 각각 한 수씩의 글을 써서 답례하였다. 공용경은 해운정 시를 쓸 때 '通'자를 운자로 하였다.[9] 이후 이에 호응해서 많은 사람들이 시를 지어 마치 성대한 산과 같이 커다란 시축을 이루었다.

'海雲亭'이라는 현판은 宋時烈의 글씨이다. 송시열은 1674년(현종 15) 효종비의 상으로 인한 제2차 예송에서 송시열의 예론을 추종한 서인들이 패배하자 예를 그르친 죄로 파직, 삭출되었다. 1675년(숙종 1) 정월 德源으로 유배되었다가 뒤에 長鬐와 巨濟島 등지

8 심재, 『송천필담』, 국역본, 보고사, 2009. 167-168쪽

9 김종서, 「어촌 심언광과 해운정」, 『어촌 심언광의 문학과 사상』 2, 강릉문화원, 2018, 124쪽

로 이배되었다. 1679년(숙종 5) 함경남도 덕원에서 거제도로 移配될 때 강릉을 경유하면서 해운정에 들렀다. 해운정을 방문한 송시열은 '海雲亭'이라는 현판을 썼다.

해운정에는 43점의 시문을 적은 현판이 걸려 있다. 이들 가운데 율곡 이이의 시가 있다. 율곡은 10세가 되는 해인 1545년(인종 1)에 해운정 이웃에 있는 경포대에 올라 「鏡浦臺賦」를 지었다. 강릉 오죽헌에서 태어나 유년을 강릉에서 보낸 이이는 오죽헌과 그리 멀지 않은 곳에 위치해 있는 해운정을 방문하여 거기서 느낀 감흥을 시로써 표현하였다.

해운소정	**海雲小亭**
해운정 경승지에서 잔술을 드니	勝地逢杯酒
흥겨운 이 자리 싫지는 않네.	斯遊也不嫌
그 누가 알아주랴 천리 밖에서	那知千里外
어진 주인과 손님 함께 얻을 줄	得値二難兼
안개는 서서히 걷히어 가고	海色初收霧
솔바람 사르르 더위를 식히네.	松風不受炎
하필이면 한퇴지 옛 시를 그려	何須韓吏部
찻잔 드는 섬섬옥수 떠올릴건가.	茗盌捧纖纖

한편 해운정의 네 기둥에는 주련 4판이 걸려 있다. 후손에 의해 지어진 시로 해운정의 정취와 의미를 가장 잘 표현해 주고 있다.

대대로 전한 집안 사업 충효 전해 남아 있고 世業家傳忠孝在
영기 모인 터에 선 집 바다 산도 웅장한데 地靈基鎭海山雄
판상에는 尤·栗 선생 천년 자취 남긴데다 板留尤栗千年蹟
부체에선 龔·吳 사신 만 리 바람 불어오네. 扇動龔吳萬里風

해운정은 심언광의 후손에게는 자랑스러운 가문의 상징이었으며, 경포호를 안고 있는 누정 가운데 가장 아름다운 풍광을 지닌 의미 있는 건물이었다. 해운정 안에는 이외에도 朴光佑건, 金昌翕, 權潚, 沈舜澤, 李憲瑋, 韓廷維, 尹鳳九, 蔡之洪, 李敏敍, 趙景望, 金鎭商, 宋奎濂, 宋翼弼 등 유명인사들의 시가 걸려 있다.

15

'경호어촌'·'해운소정' 현판에 담긴 이야기

박도식

조선은 개국과 함께 사대事大라는 분명한 기준 아래 중국과 긴밀한 외교정책을 유지하였다. 조선과 명나라는 황제의 즉위, 황태자와 왕후의 책봉 등이 있을 때, 서로 사신을 파견하였다. 명나라 초기에 조선에 파견된 사신은 환관이었으나 1450년(세종 32)부터 시부詩賦를 잘하는 문신을 파견하여 양국 문화의 교류를 강화하도록 하였다. 명나라에서 문신을 조선에 파견한 것은 1521년(중종 16)까지만 해도 10회에 달한다. 그때 조선을 방문한 사신으로는 예겸倪謙, 진감陳鑑, 진가유陳嘉猷, 장녕張寧, 김식金湜, 기순祁順, 동월董越, 애박艾璞, 서목徐穆, 당고唐皐 등이 있다. 이들 사신은 모두 명나라 문단의 유명한 문사들이었다. 그들이 정사正使로 선정된 것은 명나라가 조선과의 문화교류를 중시했음을 보여준다.

1537년(중종 32)에 정사로 조선을 방문한 공용경龔用卿의 관직은 한림원 수찬翰林院修撰이었다. 그는 부사 오희맹吳希孟과 함께 1536년(중종 31) 11월 북경을 출발했는데, 이들의 방문 목적은 10월 6일에 명 세종의 후궁이었던 소빈왕씨昭嬪王氏가 황태자를 낳았음을 조선에 알리기 위해서였다. 명 세종에게는 맏아들 애충태자哀冲太子가 있었으나 태어난 지 2개월 만에 사망하였다. 그 후 새 태자를 얻었기에 명나라 황실로서는 큰 경사였다. 명나라는 이 사실을 조선과 안남에 동시에 알리려 했지만, 안남은 내란 때문에 왕래가 끊어져 조선에만 사신을 파견했다. 명에서 조선에 사신을 파견하여 태자가 탄생한 소식을 알린 것은 이때가 처음이었다.

공용경 일행은 이듬해 2월 20일 조선의 최북단인 압록강을 건너 의주에 도착했다. 명 사신이 의주에 도착하면, 조선 국왕은 원접사遠接使를 의주로 파견하여 사신을 맞이했다. 원접사는 정1품 의정을 제외한 2품 이상의 관리 중에 문학에 능하고 풍채가 좋은 사람을 선발하였다. 공용경을 맞은 원접사는 형조판서 정사룡이었다. 그는 3년 전인 1534년(중종 29)에 북경을 다녀온 경력이 있었다.

공용경 일행은 개천-용천-철산-선천-곽산-정주-가산-안주-숙천-순안-평양-중화-황주-봉산-서흥-평산-우봉-강음-개성-고양-양주를 거쳐 3월 10일 한양에 도착한 후 7박 8일의 일정을 보낸다. 그들이 한양에 도착한 날에 중종은 근정전에서 조서詔書를 받은 직후 다례茶禮를 거행했다. 다례를 마친 후 그들은 자신들이 머물 숙소인 태평관太平館으로 이동했다.

그들은 다음 날부터 정해진 절차와 의식에 따라 연회에 참석하였다. 『경국대전』에 의하면 사신이 왔을 경우 하마연下馬宴과 익일연翌日宴을 비롯하여 종친부·의정부·육조가 차례로 연회를 개최한다고 규정하고 있다. 이를 보다 구체적으로 기록해 놓은 『통문관지』에 의하면 중국 사신이 한양에 들어온 다음 날에 하마연을, 그 다음날에 익일연, 그 다음 날에 인정전의 초청연招請宴을, 그 다음날에 회례연會禮宴을, 그 다음날 별연別宴을 베풀었고, 사신이 돌아갈 무렵에 상마연上馬宴과 사신이 돌아가는 날에 전연餞宴을 베풀었다고 하였다.

중국 사신이 한양에 도착한 다음 날부터 모두 7차례에 걸쳐 공식적인 연회가 베풀어졌는데, 인정전의 초청연을 제외하고 모두 태평관에서 열렸다. 대부분의 연회는 왕을 대신하여 왕세자나 재상이 개최하였고, 초청연과 전연에만 국왕이 참여하였다. 연회가 없는 날에는 별도의 다담茶啖(다과)을 제공하거나 신료를 보내 소연小宴을 베풀었으므로, 한양에 체류하는 내내 사신을 위로하는 연회가 베풀어진 셈이다.

명 사신을 접대할 때에는 시를 지어 읊고 화답하는 수창酬唱을 매우 중시하였다. 그리하여 이를 담당하는 관반館伴은 대제학 등 문장력이 있는 문관을 임명하는 것이 관례였다. 왜냐하면 사신의 문장 실력을 빠른 시간 내에 확인하고, 또 조선의 문화 수준을 알려 함부로 행동하지 못하게 하기 위해서는 수창만큼 효율적인 것이 없었기 때문이다. 따라서 '소중화小中華' 혹은 '문명의 나라'라고 자처했던 조선은 명 사신과의 성공적인 수창으로 조선의 문명을 선양하고 조선의 위상을 다지고자 했던 것이다.

명나라 역시 조선을 '문헌의 나라'라 여겼기에 사신은 한림원 학사 중에서 엄선하여 파견했다. 이에 조선에서는 명 사신의 수창을 담당할 인재를 체계적으로 양성하기 위해 건국 초부터 독서당讀書堂을 설립하여 명망 있는 신진 문사를 선발해 그들에게 독서와 작시作詩에 몰입할 수 있는 기회를 제공했고, 각종 과거시험에서도 시가와 문장(사장詞章)을 중시했다. 그리고 임금이 불시에 명제命題를 내려 시나 글을 짓는 제술製述을 시험 보이기도 했으며, 홍문관 관원에게 월과月課를 지어 올리게 하는 등 다양한 사장 진흥책을 마련했다. 다음의 기사는 당시 조선이 명 사신과의 수장을 중시했던 사정을 전하고 있다.

(원접사) 소세양이 아뢰기를, "천사를 접대하기가 어렵다는 까

닭은 그 사이에 문답하는 말을 아뢰지 않고 물음에 따라서 곧 대답하기 때문이며, 또 수창酬唱이 잘못된다면 이는 작은 일이 아니기 때문입니다. 환대만 하고 말 뿐이라면, 신이 용렬하기는 하나 어찌 감히 마음을 다하지 않겠습니까?" 하니, 임금이 이르기를, "다른 일은 모르겠으나 그 가운데에서 수창하는 일이 매우 어려운데, 수창이 원활히 된다면 나머지 작은 일은 혹 뜻에 맞지 않더라도 책망하지 않을 것이다. 정사正使는 장편長篇을 잘 짓는다고 하는데, 이는 중국에서 정선精選된 사람일 것이니, 경卿은 힘써 대접해야 한다. 원접사는 처음에 정사룡鄭士龍을 시켰으나 벼슬이 낮으므로 대신에게 의논하여 특별히 경을 차출하고, 정사룡은 영위사迎慰使로 차출하여 보내어 영위한 뒤에는 곁에서 돕게 하였다." 하니, 소세양이 아뢰었다. "부사副使는 모르겠으나, 상사上使는 신이 북경에 갔을 때 들으니, 한림원 수찬翰林院修撰으로서 중국에서 명성이 있는 사람이라 합니다. 중국에서는 우리나라와 안남국安南國으로 파견되는 사신은 반드시 글 잘하는 선비로 가려 뽑는다고 합니다."(『중종실록』권83, 중종 31년 12월 기축).

위의 기사는 1536년(중종 31) 공용경과 오희맹이 사신으로 올 때, 원접사 소세양이 의주로 떠나기에 앞서 중종 임금에게 하직 인사를 올리며 아뢴 글이다. 이를 통해 조선과 안남국에 파견되는 사신은 능문자能文者 중에서 엄선되었으며, 이러한 사신을 접대하는 원접사 임무의 어려움은 수창에 있었음을 확인할 수 있다. 그리고 수창이 성공적으로 이루어질 때 다른 문제점까지 무마시킬 수 있음을 지적하며 수창의 중요성을 재차 강조하고 있다.

수창의 중요성이 이와 같았으므로 외직에 등용된 사람이나 서얼까지도 제술에 능하면 모두 불러모아 사신의 숙소인 태평관에 매일 근무시켜 관반의 수창을 돕게 했다. 심지어 사헌부의 탄핵을 받고 있는 자까지도 임시로 임용하기도 했다. 조선은 사신과의 수창의 성과가 조선의 문화를 선양하고 국제적 위상을 진작시키는 데 필수적이라 여겼기에, 시재詩才가 출중하다면 신분이나 처지를 불문하고 모두 동원하여 관반으로 삼았다.

명 사신은 조선에 들어오기 전에 미리 많은 양의 시를 지어오곤 했다. 이는 두 명에 불과한 자신들과 수창할 조선의 문사가 양적으로나 질적으로 무시할 수 없는 수준이었음을 인식하고 있었고, 그 속에서 중화의 체면을 지키기 위한 대비로 이해된다. 이러한 명 사신의 예비창작에 결정적인 도움을 준 것은 바로 『황화집皇華集』이었다. 이는 명 사신과 그들을 영접하던 조선의 접반사接伴使가 화답한 시문詩文을 엮은 책이다. 조선에 파견되는 사신은 『황화집』을 활용하여 이전 사신의 시에 미리 차운하고, 시 지을 만한 제재로 많은 양의 시를 준비할 수 있었다. 공용경과 오희맹은 역대 사신 중 가장 많은 453편의 시문을 지었다. 이 가운데 공용경의 작품이 241편, 오희맹의 작품이 211편이다.

이처럼 명 사신들이 수창을 대비하여 사행 관련 서적의 도움을 받아 미리 작품을 지어왔기에, 조선에서도 이에 준하는 준비를 할 수밖에 없었다. 공용경과 오희맹이 오고 있을 때, 이들의 동향을 알리는 치계馳啓를 통해 시시각각 각종 보고를 받고 있던 조정에서는 이들이 한양으로 오는 노정에서 많은 시를 짓고 있다는 소식을 듣고 미리 시를 지어놓도록 명했다. 원접사 정사룡은 의주로 떠나기 전에 종사관들과 함께 사신과 동행하게 될 의주 의순관에서 벽제까지의 모든 역참에 걸려있는 판상제영板上題詠에 차운을 준비했다. 그리고 중종은 관반으로 선발된 여러 문신에게 사신이 한양에 도착한 뒤에 머물고 유람하게 될 태평관과 제천정 등의 제영과 이전 『황화집』에 수록된 모든 작품에 각각 차운을 지어놓고 기다리게 했다.

어촌은 공용경 일행이 한양에 도착할 때 관반館伴에 임명되었다. 어촌은 공용경과 오희맹이 온다는 말을 듣고, 수개월 전부터 1460년(세조 6) 우리나라에 사신으로 다녀간 장녕張寧이 지은 칠언율시 60운韻을 『황화집』에서 보고 미리 준비해 두었다. 어촌은 명 사신이 한양에 머물던 시기에만 관반으로 활동하였는데, 이때 지은 시는 모두 33수이다.

명 사신의 활동은 『황화집』에 시간순으로 배열되어 있다. 사신이 3월 17일 한양을 떠날 때 모화관에서 전별하고 다시 홍제원에서도 중종은 어촌과 도감都監의 관료를 보내 송별하게 하였다. 지금의 서대문구 홍제동에 있는 홍제원은 의주로 가는 첫 번째 역원이었다. 이곳을 거쳐 벽제관으로 가는데, 『황화집』에 도성 안에서부터 홍제원까지의 수창 중 일부 작품이 『어촌집』에는 벽제관에 도착하여 도성의 연회를 추억하거나 또는 벽제관에서 이별할 때 지은 것으로 되어 있다. 그러나 이는 『어촌집』을 편집하는 과정에서 생긴 오류로 보인다.

어촌이 명 사신과 이별에 즈음하여 지은 시들 중 『어촌집』에는 수록되어 있으나 『황화집』에는 수록되지 않은 작품이 있다. 〈백첩선에 써서 두 사신에게 드리다[書白疊扇 贈兩使]〉라는 두 수이다. 첫 수는 정사 공용경에게 준 것이며, 둘째 수는 부사 오희맹에게 준 것이다. 그런데 다른 작품은 모두 『황화집』에 수록되었는데, 이 두 수만 누락된 것이 이례적이다. 이에 대해서는 박동량의 『기재잡기寄齋雜記』가 참조된다.

> 정유년(1537, 중종 32)에 수찬 공용경이 중국 황제의 조서를 가지고 오는데, 찬성 소세양이 대제학으로 원접사遠接使가 되어 압록강 가에 가서 그를 맞이하게 되었다. 공수찬이 연도沿道에서 지은 작품이 잇달아 들어오는데, 그 문장 내용이 매우 풍부하고 화려하므로, 소세양이 명성에 흠이 날까 걱정되어, 드디어 사퇴하였다. 이조판서 심언광이 관반사館伴使가 되었는데, 자신이 가고 싶어 김안로에게 가서 청하니 김안로가 말하기를, "적당한 사람이 아니면 될 수 없소. 정사룡이 지금 기성箕城(평양)에 있으니, 그를 보내는 것이 좋겠소." 하고, 드디어 대신하게 하였다. 중국 사신이 돌아갈 때에 송별시를 심언광 만이 두 수를 지어주었으니, 대개 자신이 시에 능한 것을 과시한 것이었는데, 사람들은 그가 떠벌여 과장하는 것을 비웃었다.

이에 따르면 명 사신이 국경을 넘을 때부터 접반하는 원접사에는 당초에 소세양이 지명되었으나, 소세양이 공용경의 글재주가 두려워 사임하자 이조판서인 어촌이 그 자리를 탐냈다고 하였다. 그러나 김안로는 어촌이 적임자가 아니므로 형조판서인 정사룡을 원접사로 대신하게 했다고 한다. 아울러 어촌이 자신의 문학적 재능을 뽐내기 위해 명 사신이 돌아갈 때 시 두 수를 지어주어 사람들의 비웃음을 샀다고 하였다.

그러나 이 일화는 다분히 어촌을 폄하하는 의도가 있는 것으로 보인다. 명 사신이 한양에 머무는 7박 8일 동안 어촌은 그들을 지근거리에서 접대하였고, 30수가 넘는 시를 지어주었다. 또 당시 조선의 관반들은 사신이 돌아갈 때 개인적인 시고詩稿나 집안의 세고世稿에 사신들의 글을 받기 위해 애썼다. 이는 자신의 능력이나 가문의 격을 높일 수 있는 기회였기 때문이다. 어촌 역시 자신의 시고에 글을 받았는데, 이 역시 자연스러운 현상이었다. 따라서 명 사신을 송별할 때 시 두 수를 지어주어 자신의 시재詩才를 과시하려고 했다는 것은 박동량이 다른 의도를 가지고 소개한 것으로 보인다. 이는 어촌이 김안로를 끌어들여 조정을 어지럽혔다는 당시 사림의 시각에서 그렇게 표현한 것이라고 생각된다.

'경호어촌鏡湖漁村' 글씨는 어촌이 공용경에게 두루마리에 써달라고 부탁하기에 공용경이 이를 써주었고, 오희맹은 '해운소정海雲小亭' 글씨를 써주었다. 어촌은 이에 대한 답례로 이들에게 백첩선(흰 부채)에 칠언절구 한 수씩을 지어주었는데, 이 시가 바로 명 사신을 송별할 때 자신의 시재를 과시하려고 했다는 그 작품이 아닌가 추정된다. 현재 해운정에 걸려있는 '경호어촌'과 '해운소정' 글씨는 어촌이 1537년(중종 32)에 공용경과 오희맹에게 받은 것으로 500여 년의 역사성을 지니고 있다. 어촌은 이들에게서 정이程頤와 정호程顥 형제의 화상을 구득하기도 했다.

16

『해운정역방록』과 「정부자영당기」의 내력

이규대

『해운정역방록海雲亭歷訪錄』(이하 '『역방록』')은 심언광이 경포호변에 건립한 해운정의 방명록이다. 강릉의 삼척심씨 종중에서 소장해 오다가 2001년 강릉오죽헌시립박물관에 기탁하였다.

『역방록』에는 해운정이 창건된 1530년 직후인 1538~1989년까지 약 450여 년간 해운정을 다녀간 사람의 명단이 기록되어 있다. 강릉지역에는 『역방록』과 같은 조선시대 또 다른 방명록이 존재하는데, 오죽헌 방문기록인 『심헌록尋軒錄』이다. 『심헌록』에는 1662~1932년까지 270여 년 동안 오죽헌을 방문한 1,149명의 명단이 기록되어 있다.[1] 『역방록』은 현재까지 강원지역에서 발견된 조선시대 방명록 중 수록기간과 인원이 가장 많은 방명록으로 확인된다. 그리고 물리적으로 일일이 조사하기는 어려우나, 전국적으로 보더라도 대전시립박물관에 소장되어 있는 『숭현서원심원록崇賢書院尋院錄』[2], 이순신의 위패를 모신 통영 충렬사의 『심원록尋院錄』[3]과 같이 향교·서원·사당 등 공적공간을 방문한 기록 외에 『역방록』은 사적공간을 방문한 현존 최고·최대의 방명록이라 할 수 있다.[4]

---

1 『심헌록』의 서지사항 등 자세한 내용은 이상균의 「조선시대 유람전통에서의 인물명소 오죽헌의 탄생」(『지방사와 지방문화』 21-1, 역사문화학회, 2018)을 참조.

2 대전의 회덕향교(懷德鄕校)에서 소장하고 있었는데, 2017년 향교 측에서 대전시립박물관에 기증하였다.

3 이순신 장군에게 제례를 올리거나 참배를 하기 위해 방문한 방문자 명부이다. 영조대부터 통제영이 폐영된 이후인 1980년까지 228년간의 방문자 명단이 기록되어 있다.

4 『해운정역방록』의 서지사항은 이상균의 「강릉 『해운정역방록』의 내력과 지역사적 가치」(『장서각』 40, 2018)를 대부분 참고하였음을 밝혀두며, 이후 이 논문을 참고한 내용에는 별도의 주를 달지 않았다.

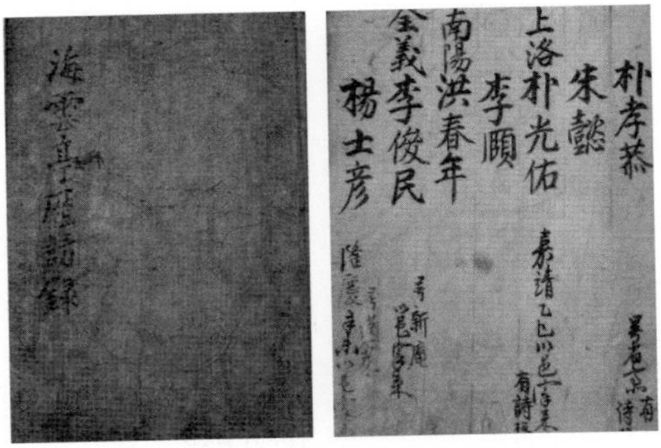

『해운정역방록』 표지(冊題)와 첫 방문자 기록

『역방록』의 서지사항을 살펴보면, 외부형태는 오침선장五針線裝으로 제책되어 있고, 크기는 세로 34.1cm, 가로 23.3cm이다. 서문 2면을 포함하여 방문자가 기록되어 있는 것은 총 206면이다. 1면에 보통 7명씩 수록되어 있으나, 말미로 갈수록 1면에 6명씩 수록된 부분이 있다. 방문자 명단이 연속으로 이어지는 마지막 면에는 3명이 수록되어 있고, 1989년己巳 김종수金宗洙의 명단으로 끝이 난다. 사진과 같이 박효공朴孝恭을 시작으로 1989년 김종수까지 해운정을 다녀간 1,408명의 이름이 기록되어 있다. 드문드문 수정한 흔적도 보이며, 1명은 후대에 삭제되어 확인되는 인물은 총 1,407명이다.[5] 박효공의 인적사항은 자료가 없어 정확히 알 수 없다. 방문한 해의 간지는 적지 않고, 호號가 '성재省齋', 해운정에

5 삭제된 인물은 이름에 종이를 덧대어 놓았는데 실물을 보면 덧댄 종이에 투영된 이름이 희미하게나마 확인이 가능하다. 다만 여기서는 그 이름을 밝히지 않는다.

시판이 있다고만 기록해 놓았다. 현재 해운정에 시판도 남아있지 않다.

다음으로 주의朱懿가 나오는데, 다녀간 간지가 없어 방문일시를 알 수 없다. 다만, 주의는 1538년(중종 33)에 강릉부사를 역임하였는데,[6] 이때 다녀간 것으로 추단된다. 세 번째로 박광우朴光佑가 기록되어 있다. 다녀간 일시가 가정嘉靖 을사년인 1545년으로 확인된다. 박광우 역시 강릉부사 재임시절 다녀갔으며, 현재 그의 시판이 해운정에 판각되어 걸려있다.

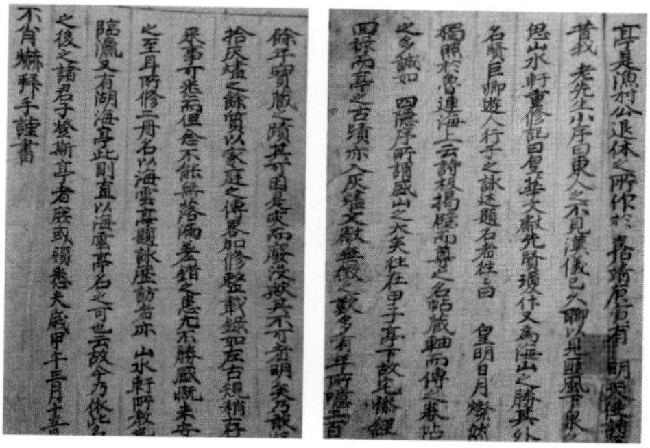

『해운정역방록』 서문(좌←우)

『역방록』 서문을 보면 심언광의 후손인 심혁沈爀(1739~1811, 후에 '熤'으로 개명)이 1774년 가전家傳되는 기록들을 토대로 최초 필

---

6 강릉문화원, 『완역 증수임영지』, 1997, 184쪽, 강릉부선생안.

사한 것으로 되어 있다. 내용은 방문자의 본관과 이름, 방문한 해의 간지를 기본으로 하고 있다. 혹은 방문동기가 있기도 하고, 방문자의 호가 적혀있다. 방문자들의 방문 경위를 보면, 주로 관찰사나 강릉부사 등의 지방관 소임을 띠고 강릉에 왔다가 방문했거나, 금강산과 관동유람 중 들렸다. 관찰사나 강릉부사의 소임을 띠고 왔던 방문자로 확인되는 인물들을 『관동지關東誌』와 지역 『읍지』의 「선생안」 등과 대조해보면 모두 재임시기가 일치한다. 1538년부터 23부제가 실시되는 1895년까지 강원도관찰사 6명, 강릉부사 100명이 해운정을 방문한 것으로 되어있다.

『역방록』의 또 다른 특이 사항은 첫머리부터 말미까지 명단 아래에 협주夾註로 '유시有詩·유시판有詩板'이라고 적어 놨다. 이것은 방문자가 쓴 시, 또는 해운정에 시판이 있다고 한 것인데 방문자 본인이 직접 적은 것이 아니라 누군가에 의해 추기追記된 것이다. '유시판'은 추기자가 당시 해운정에 걸려있던 시판을 대조해 보고 적은 것이며, '유시'는 별도의 제영기록을 참고하여 추기한 것으로 보인다. 『역방록』의 서문에 심혁이 『제영록』을 함께 만들었다고 하였는데, '유시'라고 하는 추기 내용은 추기자가 이 『제영록』을 참고한 것으로 보인다. 그러나 『제영록』은 현존하지 않는다.

『역방록』은 해운정 방문자의 기록인 만큼 해운정 주인인 심씨일문과 외부 인사들과의 교유관계를 엿볼 수 있다. 심언광은 1540년에 졸하였고, 『역방록』은 1538년 직후부터 다녀간 인물이 기록되어 있기 때문에 『역방록』에 수록된 인물들 대부분은 심언광이 활동했던 시기보다 후대 인물이다. 그러므로 심언광과 『역방록』 수록

인물과의 구체적 교유관계는 살펴지지 않는다. 다만 심씨일문과 서인 노론老論의 영수였던 송시열宋時烈(1607~1689)과의 인연으로 인해 유람 등으로 강릉을 찾는 노론계 인사들은 반드시 해운정을 방문하여 심씨일문과 교유했고, 이 사람들의 명단이 『역방록』에 다수 수록되어 있음이 확인된다.

송시열과 심씨일문과의 인연은 붕당정치가 절정에 이르렀을 시기 2차 예송논쟁禮訟論爭[7]으로 송시열이 함경도 덕원德源에 유배되었다가 1679년(숙종 5)에 거제도로 이배移配되면서 강릉을 들른 것에서 시작된다. 송시열이 거제도로 남천南遷하는 도중 강릉의 강릉김씨 임경당臨鏡堂 가문과 심씨일문을 방문한다. 이때 송시열은 심씨일문의 소재小齋에 봉안되어 있던 이정부자二程夫子(정호·정이)영정을 참배하였다.[8] 이 정부자영정은 심언광이 1537년(중종 27) 접반사接伴使로 임명되어 명사明使 공용경龔用卿과 오희맹吳希孟을 수행하면 이들에게 구득한 것으로 알려져 있다. 이후 심언광이 김안로金安老(1481~1537)의 일로 파직되고,[9] 강릉으로 낙향할 때 함께

7 1674년(현종 15) 인선왕후(仁宣王后:효종비)가 죽자, 조대비의 복상을 몇 년으로 할 것인가를 둘러싸고 서인과 남인의 대립으로 일어났다. 집권층인 남인은 기년으로 정했는데, 이에 대해 서인은 대공설(大功, 9개월)을 주장했으나 남인의 주장이 받아들여졌다.

8 沈彦光, 『漁村集』 卷首, 「年譜」.

9 심언광은 1530년 대사간 시절 중종의 부마로 득세하여 권력을 남용하다 탄핵을 받아 유배 중이던 김안로의 용서를 주청하였으나, 후에 김안로가 붕당을 조직하여 대옥(大獄)을 일으키고 외손녀를 세자빈으로 삼으려하자 극렬히 반대하다가 함경도관찰사로 좌천되었다. 1537년 김안로가 사사되자 우참찬에 올랐으나 김안로의 용서를 주청한 일로 탄핵받아 삭직되었다. 심언광은 삭직된 이후 고향인 강릉에 내려와 만년을 경호별업(鏡湖別業) 즉, 해운정에서 보낸다.

가져온 것으로 파악된다.

이후 심언광의 후손 심징沈澄(1621~1702)의 주도로 삭탈관직 되었던 심언광의 신원이 시도되었다. 심징은 경신대출척庚申大黜陟[10]으로 서인이 재집권하자 3차례에 걸쳐 심언광의 신원을 탄원하는 상언上言을 올리는 동시에 심언광의 문집을 발간하는데, 송시열을 비롯한 그의 문인들로부터 문집의 서문을 받는 등 노론계 인사들과 협력하였다.[11] 이 결과로 1684년 심언광의 신원이 이루어졌고, 1761년 문공文恭이라는 시호가 내려졌다. 심씨일문은 송시열의 예방을 계기로 중앙의 노론세력과 관계를 유지함으로 인해 현조인 심언광의 신원을 성사시킬 수 있었다. 또한 심징은 심언광이 명사明使 공용경으로 부터 받은 시詩 원운原韻을 송시열에게 적어 보여주며 화답시를 부탁했고,[12] 송시열의 써준 화답시는 해운정에 판각되어 걸렸다. 이후 해운정에 들르는 인사들은 송시열의 시문을 보고 차운하는 등 감회에 젖는다. 그리고 심씨일문 사람들과 자연스럽게 교유하며 유대관계를 맺게 된다.

17세기 이후 강릉사림의 당색黨色은 서인西人이 주류였고, 서인이 노소老少로 분화되는 시기에는 노론으로 경도되었다. 강릉은 율곡의 출생지이고 율곡의 학통이 송시열에 의해 추숭되는 상황이

---

10 1680년(숙종 6) 남인(南人)이 대거 실각하여 정권에서 물러나고 서인이 재집권한 사건이다. 경신환국이라고도 한다.

11 이규대, 「17세기 강릉지방 정부자 영정과 祠·院의 事體 논의」, 『율곡사상연구』 29, 2014, 263쪽.

12 『漁村集』 권7, 館伴時雜稿, 詩, 「次韻代人作」.

었으므로, 송시열과 강릉사림들과의 교유는 강릉지방이 서인 노론계의 당색을 유지해 나가는데 영향을 미쳤다. 이러한 영향과 강릉사림, 특히 심씨일문과 노론계 인사들과의 관계는 『역방록』에 수록된 인물의 면면에서도 들어난다.

대표적 인물을 들면, 1737년 방문한 이봉익李鳳翼(1671~1743)·김진상金鎭商(1684~1755), 1740년 방문한 채지홍蔡之洪(1683~1741)·한원진韓元震(1682~1751)·윤봉구尹鳳九(1683~1767), 1777년 방문한 이성모李聖模 등이 해운정을 방문하여 심씨들과 교유하며 시문을 남긴다. 이들 모두 노론계 인사였다. 이봉익은 노론을 축출하고 소론 정권을 수립한 뒤 노론을 탄압하는데 앞장선 김일경金一鏡(1662~1724) 등을 치죄하도록 한 노론의 핵심인물이었다. 김진상은 1716년 송시열과 윤증尹拯(1629~1714) 간의 회니시비懷尼是非[13]에 대한 병신처분丙申處分 뒤 윤선거尹宣擧(1610~1669)의 서원과 문집 목판을 훼철할 것을 청하였으며, 1719년에는 남인세력을 배후에 두고 있었던 희빈장씨禧嬪張氏의 묘를 이장할 때 동궁이 망곡望哭하려는 것을 막는 등 과격한 노론의 입장을 고수한 인물이었다. 특히 채지홍·한원진·윤봉구 이 세 사람은 송시열의 수제자였던 권상하權尙夏(1641~1721)의 문하에서 수학하였고, 문하 중 학문이 뛰

---

13 1669년(현종 10) 윤증의 부친인 尹宣擧가 사망하자, 송시열에게 묘갈명을 부탁하여 받았는데, 이에 대해 윤증이 불만을 표시하면서 시작되었다. 이 논쟁은 사림 사이의 논쟁으로 확대되어 중앙정치로까지 비화되었는데, 병신처분은 이 시비가 윤증의 잘못이라고 판정한 것이다. 병신처분은 사제 간의 옳고 그름에 대한 판정을 넘어 양인을 영수로 하는 노론과 소론 사이에 정치적 입지에까지 영향을 미쳐, 정국에서 소론 세력의 입지가 위축되게 되었다.

어난 사람들을 일컫는 소위 '강문팔삭사江門八學士'였다. 한원진은 「해운정중수기」를 써준 권상하의 증손 권진응權震應(1711~1775)의 스승이기도 하다. 이같이 『역방록』에 수록된 인물을 통해 심씨일문과 노론계 인물들과의 교유관계가 지속적으로 이어지고 있음이 확인된다.

송시열을 중심으로 한 노론계와 심씨일문과의 관계는 심씨의 문중재실인 하남재河南齋(정부자영당)의 문중서원화 추진과정에서도 나타난다. 앞서 송시열이 명사明使에게 구득하였다는 정부자영정은 심씨일문의 심징·심세강沈世綱 등의 주도로 하남재를 지어 봉안하였다. 그리고 1689년 송시열이 「이정선생화상각기二程先生畫像閣記」를 써주었는데,[14] 이것이 바로 「정부자영당기」이다.

이후 심씨일문에서 1778년(정조 2) 충주 운곡서원雲谷書院에서 주자영정을 모셔와 하남재에 봉안하고 하남재의 서원화를 추진하였다. 심씨일문은 하남재의 서원화 추진과정 속에서 그간 꾸준히 교유관계를 유지해 왔던 송시열의 후손·제자 등 중앙 노론세력과 밀접한 관계를 가지며 그들의 지지를 받았다. 하지만 심씨의 사묘私廟인 하남재의 서원화 추진은 향중鄕中 사림들의 동의를 거친 공론이 아니라는 이유로 강릉사림들의 극렬한 반감을 샀고, 실패로 돌아갔다. 결국 1782년(정조 6) 하남재가 훼철되었고, 정부자영정은 위화僞畵로 단정되어 강릉향교 뒷산인 화부산에 세초매안洗草

14 宋時烈, 『宋子大全』 권145, 記, 「二程先生畫像閣記」.

埋安되었다.[15] 하남재가 훼철되자 그곳에 걸려있던 정부자영당 편액과 송시열이 써준 「정부자영당기」 현판은 해운정으로 이관되었고, 현재에도 남아있다.

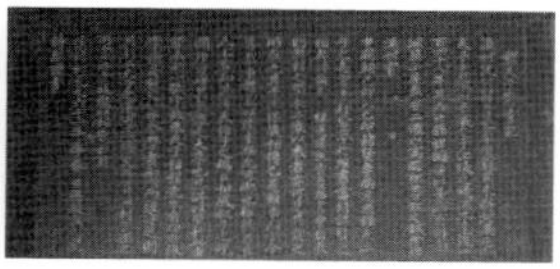

해운정에 남아있는 정부자영당 현판(좌)과 「정부자영당기」(우)

15 이를 소위 '하남재시비'라 하는데, 시비의 상세한 전말은 이규대의 『조선시기 향촌사회 연구』(신구문화사, 2009, 131~168쪽)를 참조.

17

어촌의 숨결을 따라 경포를 거닐다

조은실_강원미디어콘텐츠 대표

꿈엔들 잊힐리야. 경포.

고향을 떠나 있어도 언젠가는 돌아갈 그날을 고대하며 꿈꾸듯이 기다리는 마음, 많은 이들이 귀향의 꿈을 놓지 않는다. 푸른 대관령 굽이 굽이 길, 푸르디푸른 경포바다, 경포 호수, 소나무 숲. 계절마다 딴 세상인 듯 바뀌는 자연 앞에서 때로는 깊게, 때로는 기껍게 마음에 고향을 담아 두었다. 고향을 떠나 있어도 떠난 것이 아니었고, 돌아가야지, 돌아가야지 그렇게 품고서 살았더랬다. 하여 돌아온 고향은, 경포는 여전히 푸르고 푸르르다.

어촌도 그랬다. 푸른 바다, 거울처럼 맑은 호수, 강과 바다 사이를 둑처럼 막아서던 소나무 숲, 잊힐 리 없는 고향으로 가야지 했다. 고향을 떠나 세상을 떠돈 지 삼십 년이 되던 어느 날 타향에서 고향 친구를 만났을 때도 천리나 떨어진 고향을 그리워하고, 그리워했다. 〈贈彦淸〉에서는 오랜만에 친구를 만나고 이별을 해야 하는 아쉬움과, 고향을 그리는 마음이 포개져 있다.

鏡水漁村在海堧　　夢中煙樹尙依然
懷鄕便隔一千里　　閱世還驚三十年
人事隨時多逼側　　天心愛物獨生全
蓬軍貊國情無柰　　靑眼明朝又別筵

경포호수 고향집 바닷가에 있는데
꿈결 안개 속 나무 여전도 하여라

고향 생각하니 천리나 떨어져 있고
세상 떠돈 지 삼십 년이나 되었네
인생사 시절 따라 곡절변화 많지만
천심은 만물을 아껴 한결같이 돌보네
맥땅에서 그대를 만나니 이리도 정겹건만
내일 아침이면 마음의 벗 다시 이별하겠네.

하지만 그토록 꿈에도 못 잊었던 고향에 돌아왔지만, 어촌은 다시 또 다른 꿈을 품었다. 이번에는 있었던 그 자리, 일생을 바쳐 이루고자 했던 꿈, 그것은 다시 서쪽으로 가고자 하는 것이었다. 바라고 바랐던 서쪽으로 가고자 하는 꿈을 삭히느라, 고향에서의 2년이 어촌에게는 오히려 꿈같지 않았을까?

꿈에 그리던 고향으로 돌아와, 다시 꿈꾸다

어촌은 1538년(중종 33) 52세의 나이로 고향으로 돌아와 호숫가에 작은 집, 해운정海雲亭에 은거하였다. 이곳은 어촌이 중종 25년(1530)에 강원도 관찰사로 있을 때 건립했는데, 파직되어 낙향해 그 집으로 돌아온 것이다.

어촌은 해운정을 바다와 호수와 구름과 별을 바라보고, 바람이 무시로 드나드는 작은 집이라고 표현했다. 이곳이 은자의 조그만 거처임을 말하면서 자연 속에서 세속을 잊으려는 자신의 심경을

〈湖舍〉라는 시로 읊었다.

小築眞衡泌　　棲遲且樂飢
墻低雲易度　　窓靜月先窺
種竹蓮荒畦　　牽蘿補短籬
幽居亦多事　　晨夕課吟詩

작은집 지음에 참으로 은자의 거처이니
한가히 지내며 배고픔을 달랠만하네
담장은 낮아 구름도 쉬이 넘나들고
창은 고요하여 달이 먼저 엿보네
대나무 심어 황폐한 빈터에 이어졌고
여라 넝쿨 끌어다 작은 울타리 만들었네
한가로이 지내도 할 일은 많으니
아침저녁 일과로 시를 읊조린다네

해운정 뜨락에서 내다보면, 봄에 경포호는 마치 정원처럼 포근하다. 경포호 주변으로 벚꽃이 난분분 휘날리고, 이른 아침에는 물안개를 피워 올리며 지난겨울의 싸늘함을 털어내듯 한다.

여름에는 뜨거운 햇발이 바닷가를 달구고, 가을이면 고즈넉한 가을빛으로 물드는 호수와 겨울에 눈이 내려 호숫가를 덮던 경포의 사계를 어촌도 만났을 것이다.

경포의 아름다움을 노래하는 절정은 경포대를 중심으로 해 경포팔경을 손꼽는다. 그중에 으뜸은 동해의 붉게 떠오르는 해돋이와 달맞이, 고기잡이배의 불빛은 붉게 떠오르는 아름다움이다. 그리고 집마다 밥을 짓느라 피어오르는 연기, 홍장암에 내리는 밤비, 시루봉 위로 지는 저녁노을, 피리소리, 한송사의 저녁 종소리는 경포에서 만나는 아름다움으로 손꼽힌다.

오래전 그때 경포호는 지금보다 물결이 더 높았을 거고, 드넓은 경포호를 둘러봐야 보이는 것은 경포호와 나무와 바다와 늦은 저녁의 밥 짓는 연기가 아스라이 번졌을 텐데, 발길 닿는 대로 유랑하던 시인들은 경포에서의 고즈넉함에 눈시울이 붉어졌을 것이다. 그들의 시의 갈피마다 경포의 아름다움이 새겨져 있다.

어촌도 그때 그랬을까? 아니면 오직 까맣게 타는 마음을 달래느라 해와 달과 나무를 품고 있는 경포의 드넓은 자연 앞에서도 고독하기만 했을까 궁금하다.

늦은 저녁 경포호수에 가면 분주한 일상을 뒤로하고 편안한 얼굴로 찾아와 걷거나 음악을 들으며 호숫가를 산책하는 사람들의 안온함이 있다.

차라리 꿈이어도 좋았을까?

어촌은 52살 되던 해 파직되어 강릉으로 낙향했다. 직첩마저 회수당한 채 낙향해야 하는 참담함과 한겨울 눈 내리는 산길을 외롭게 걸어 낙향하던 쓸쓸함이 더욱 외로웠을 것이다.

낙향하는 날, 평창 대화에서 오대산 월정사 쪽으로 넘어가는 고개인 모노령毛老嶺정상에서 눈을 만난 심정이 〈毛老嶺上遇雪〉이라는 시에 담겨있다.

嶺石蒼蒼古木斜　　間關箐路曲如蛇
漫山凍雨渾成雪　　着樹寒氷半作花

고갯마루엔 이끼 낀 바위고목은 비스듬한데,
신우대 늘어선 험준한 산길 뱀처럼 구불구불
온산에 내리던 진눈깨비 모두 눈으로 바뀌어
나무마다 차갑게 얼어붙어 눈꽃을 만들어내네.

눈 오는 밤에 산굽이를 돌아 내려오는 길은 걸음걸음마다 슬픔으로 엉겨 붙었을 텐데, 차라리 낮이었으면 나았을까?

그렇게 찾아온 경포는 겨울이어서 얼어 빙판이었을 테고, 산 아랫마을의 모든 것은 얼어붙어 차고, 푸르디푸른 동해바다는 파랗게 빛을 발했을 텐데. 천지 사방이 얼어붙어 버린 겨울날에 호숫가 작은 집에서 보내는 마음은 시린 겨울 속이었을 것이다.

겨울에 닥쳐온 고난과 낙향이라는 갑작스러운 변화 속에 견디기 어려운 혹독함이 있었을 테지만, 계절이 지나가고 다시 맞이하는 계절에 고향에서 느낀 평온한 전원생활이 서서히 그의 아픔을 견디게 해 주었던 것 같다. 어촌은 경포호숫가에 집에서 낚시질하고 술 마시며 시를 읊는 것으로 스스로 즐거움을 삼았다.

〈村興〉에서는 제법 낙낙한 봄밤의 기운이 흥감하다.

村逕跫音絶　　苔痕屐齒粘
雨肥梅子大　　風引蕨芽纖
野暗春陰晩　　山明海日遲
天機幽閴處　　夜月入疏簾

마을길엔 발자국소리 끊길 만큼
이끼가 나막신 밑굽에 엉겨붙네.
풍족한 비에 매실은 굵어가고
바람은 가느다란 고사리 싹을 틔운다
짙어가는 봄 그늘에 들판은 어둑해지고
바다 해 느릿느릿 움직여 산은 밝구나
천기가 고요히 유동하는 곳
달빛이 성긴 주렴으로 쏟아져 들어오네.

이처럼 풍요로운 봄날을 맞이하기 위해 고난의 겨울을 보내고, 그리고 다시 맞이한 겨울에 그는 아름다운 경포에서 친구와의 해후를 즐거워하고 더불어 지난해와는 다른 겨울의 감흥을 〈同昌邦遊鏡浦〉라는 시에서 노래한다.

黃昏雨雪閉江城　　十里松陰列炬明
勝地千秋天不管　　風煙應屬使君行

황혼에 눈이 내려 강마을에 인적이 끊기고
십리 소나무숲 줄지어 횃불을 밝혀놓았네
천년승지 이곳을 하늘도 관할치 않으셨나니
멋진 풍광 맡기고자 그대 행차하게 하셨네

겨울 황혼녘에 비가 눈으로 바뀌어 눈이 소복이 쌓인 풍경, 바닷가를 따라 줄지어 늘어선 소나무 숲이 온통 눈꽃을 피워 마치 횃불을 밝힌 듯할 때, 벗과 함께 맞이한 눈 오는 밤의 겨울 풍경은 오히려 따사로웠을 것이다.

경포 호수가 품에 안기듯 펼쳐지고, 담장을 치듯이 소나무 숲이 해안을 따라 길게 늘어서 있고, 밖에서 문을 두드리듯 동해바다는 연신 파도가 넘실대는 곳. 눈 오는 밤에 친구와 이 풍광을 보노라면 안온한 경포호는 경포호대로, 드높은 파도로 넘실대는 동해바다는 바다대로, 눈꽃으로 하얗게 피어나는 소나무 숲은 적막한 채로 겨울밤을 고즈넉이 맞았을 테니까.

어촌은 이후 경포 호수 주변과 동해바다의 풍광을 스케치하듯 노래했다. 어쩔 수 없이 낙향한 후 나이 들어가는 자신의 모습을 스스로 받아들여야 했던 삶인데, 경포의 아름다운 풍광 안에서 위로와 위안을 삼으며 견뎌낸 듯하다.

〈題紈扇附龔用卿韻〉에서 자조섞인 시로 심정을 대신하기도 했다.

湖水平如鏡　　冥冥滄海通
潮光迷岸白　　漁火射波紅

倚檻看歸鳥　　　臨碕數去鴻
村居原自得　　　知是對鷗翁

거울처럼 평평한 호수,
아스라이 푸른 바다로 이어지네
물결은 모래 언덕을 헤매다 하얗게 빛나고,
고기잡이 불은 파도를 비추며 붉게 물드네
난간에 기대어 돌아가는 새 바라보고,
물가에 다다라 날아가는 기러기 세어보네
어촌에 살면서 저절로 깨달은 것 있으니
갈매기 벗삼는 늙은이라는 사실이네.

겨울날 오후에 다시 찾아간 경포호는 더욱 푸르다. 엄동설한에 모든 것이 얼어붙어도 아직 푸른 경포호는 긴 겨울맞이를 하는 중이다.

그 옛날에는 호숫가를 배를 타고 드나들었다는 배다리도, 호숫가 작은 오두막인 해운정과 호숫가 주변으로 군데군데 박히듯 서 있는 정자도 겨울을 견디고 있다. 대관령에서 내려붓듯이 불어오는 찬 바람이 경포를 쓸고 지나가면 경포호는 하얗게 얼어붙고, 푸른 소나무는 그 바람을 맞아 더욱 웅크릴 것이다. 동해바다는 싸늘한 푸른빛으로 냉기를 뿜어낼 것이다.

그래서 겨울의 경포에서는 삶을 돌아보게 하는 것 같다. 찬바람도 눈보라도 한겨울의 추위도 견뎌야 한다는 것을, 그래야 봄을 맞이할 수 있다는 것을. 언제나 겨울 같지는 않은 삶, 언제나 봄볕 같은 나날은 아니라는 것을 추위에 얼어붙은 경포대에서 다시 생각하는 것이다.

어촌이 그랬던 것처럼.

경포에는 여전히 꽃이 피고, 지고, 다시 피고

어촌은 꿈속에서나마 궁궐에 들어가기를 희망했지만 고향으로 돌아온 지 2년 만인 중종 35년(1540)에 54세의 나이로 생을 마감하였다.

고향에서의 2년 동안 어촌은 마음은 언제나 임금이 있는 서쪽을 향해 있었을 지라도, 그 누구보다도 아름다운 경포를 노래했고, 고향에서의 자연의 삶을 기꺼이 즐겼다.

경포는 봄여름 가을 겨울 계절마다 꽃을 피운다. 봄이면 벚꽃과 담장을 넘는 매화 살구꽃 앵두꽃이 온 동네 불을 밝히고, 여름이면 오징어잡이 배가 어화를 밝혀 환하다. 가을에는 단풍이 들어 울긋불긋 꽃으로 피고, 겨울에는 눈꽃으로 환하다. 사계절 내내 꽃으로 피는 경포 호수와 늘 푸른 소나무, 그리고 푸르른 경포 바다는 한순간도 조용하지 않다.

낙향한 선비의 고적함에는 현재를 견뎌야 하고, 곧 나아가 다시 앙양하고자 마음이 오갔으리라. 하지만 결국 2년 동안 계절은 흐르고 경포의 아름다움을 노래하던 어촌은 끝내 다시 나아가지 못한 채 경포에서 생을 마감했다.

12월에 대관령을 타고 내려온 바람이 경포호수를 한번 휘몰아친다. 바람에 일렁이는 호수는 파도를 일으키고 출렁이는 호숫가 주변의 나무와 새와 정자가 휘청한다. 다시 겨울이다.

경포호수는 아직 얼지 않았고, 습지는 허허롭다. 올 겨울에는 아직 눈꽃을 피우지 않았으니, 1월, 2월 눈 많이 내리는 그때 눈꽃이 피면, 만약 어촌이 살아 있다면 어떻게 노래할까?

동해로 휘몰아치는 바람 끝에 눈이 소복이 내려쌓이면, 눈꽃을 피워올린 소나무 숲 사이를 헤집으며 으르렁거리는 겨울바람소리에 놀라지는 않았을까? 그리고 어르고 달래듯이 시 한 편 부치지 않았을까?

어촌이 돌아온 고향에서 경포를 노래하며 보낸 시간은 참으로 짧았다. 오랜 시간 떠나 있다가 돌아온 고향은 그에게 위로가 되었을까 궁금하다. 만약 어촌이 다시 떠나려 하지 않고, 고향에서의 안분지족의 삶이 평안했더라면, 그는 오래도록 경포의 아름다움을 담아낸 시를 쓰지 않았을까 생각해본다. 봄 여름 가을 겨울 계절마다 꽃을 피우는 이곳에서 호수처럼 평온하고 바다처럼 푸른 마음으로 삶을 살지 않았을까. 그가 남긴 많은 시가 별처럼 빛나는데, 경포에서 자연과 함께 하는 삶이 그를 음유시인으로 만들었을 테니까.

긴 겨울이 머무는 경포의 하늘과 호수와 바다에는 어촌의 노래들이 담겨있다. 시인묵객들이 이곳에 머물러 부르던 노래들도 촘촘히 담겨 있다. 그래서 경포의 아름다움은 더욱 빛이 난다. 해운정

뜨락을 거쳐 경포대에 오르면 그 옛날의 시인들이 노래하던 아름다운 풍광이 손에 잡힐 듯하다. 한 해의 분주했던 걸음을 이곳에서 잠시 멈추고 호흡을 가다듬는다.

쨍한 겨울 하늘이 호수와 바다와 숲을 토닥이는 듯 오늘 경포는 다시 빛난다. 찬 바람을 맞고 서서 봄을 기대한다. 누군가는 맞이하지 못했던 경포의 봄날은 더욱 따사로울 것이다.

18

어촌 심언광 제시題詩 미원계회도薇垣契會圖

박해남_성균관대학교 교수

1.

예전의 사람들도 살면서 여러 관계를 맺고 모임을 가지고 이를 기억하며 남기고 싶어 했다. 지금의 사람들이 사진으로 남기는 것처럼. 당시는 사진기술이 없었으니 그림으로 그려서 남길 수밖에 없었다. 나이가 같은 사람들끼리, 과거에 함께 합격한 동방同榜들끼리 또는 같은 관서官署에 소속된 관원들이 모임을 갖고 이를 기념하여 그림으로 그려서 나누어 가지는 전통이 있었다. 이런 그림을 계회도契會圖라 하고, 이때 각자 또는 대표자가 지은 시문詩文을 덧붙여 권축卷軸(두루마리)으로 만들어 참가자들이 하나씩 소장하였다.

조선시대 사대부들 중에서 관료로 활동하였던 경우에는 당연히 관직 생활과 관련된 모임이 많을 수밖에 없었기에 이와 관련된 계회도 역시 많았을 것으로 추정된다. 하지만 현재 남아 있는 작품은 생각보다 많지 않는 것이 현실이다.

조선 전기의 계회도는 주로 같은 관서의 구성원들이 모인 모습을 그린 것이 대부분이다. 상단에 전서篆書로 모임의 명칭을 적고, 그 아래에는 계회의 모습을 그렸다. 하단에는 참석자들의 인적 사항—관직, 성명, 본관 등—을 서열에 따라 적어 놓은 것이 계회도의 일반적인 형식이다. 이 시기 계회도는 주로 산수를 배경으로 하고 있으며, 계원들의 모습이나 계회 장면은 아주 작게 상징적으로만 표현되었다는 특징이 있다.

심언광沈彦光(1487~1540)은 1513년 예문관藝文館 한림翰林, 봉교奉敎를 시작으로 1538년 고향인 강릉으로 낙향하기까지 몇 차례의 정치적 부침浮沈이 있기는 했지만, 대부분의 삶을 한양에서 관인으로 활동하였다. 그러다 보니 관직과 관련된 활동이 많았을 것이다. 그도 같은 관청에 소속되어 있는 동료들과 모임을 갖고 이를 기념하기 위해 그림으로 그리게 하고, 본인이 지은 계축시契軸詩를 적은 계회도를 남기고 있다.

2.

〈심언광 제시 미원계회도(薇垣契會圖)〉, 종이 담채, 68㎝×125㎝, 미국 클리블랜드박물관 소장.

심언광의 제시가 붙어 있는 〈미원계회도薇垣契會圖〉는 2011년에 존재가 알려졌음에도 불구하고 전시 공간이 미국이었다는 점 때문에 그 존재감이 제대로 부각되지 않았다. 이 그림은 2011년 3월 27일부터 8월 28일까지 〈청아한 한시漢詩 미술의 세계: 한국과 일본 시서화에 나타난 문인 취미The Lure of Painted Poetry: Japanese and Korean Art〉라는 주제로 미국 오하이오 주 소재의 클리블랜드 박물관에서 연 특별전에서 처음 소개되었다. 전시 도록에 나와 있는 설명에 의하면 이 그림은 Leonard C. Hanna, Jr. Fund의 기금으로 1997년에 구입한 것으로 되어 있다. 자세한 구입 경로를 밝히지 않아 알 수는 없지만, 이전까지 학계에 보고된 적이 없었던 그림이다.

〈미원계회도(薇垣契會圖)〉그림 부분, 56.2㎝×39.8㎝, 도록 18면.

그림 하단의 제시題詩가 심언광의 〈제미원계회도題薇垣契會圖〉(『어촌집漁村集』 권2)와 내용이 동일한 것으로 보아 그가 대사간(미원薇垣은 사간원司諫院을 달리 이르는 말이다)에 임명된 것을 기념하기 위해 사간원에서 같이 근무했던 관원들이 1531년에 모여 제작된 것으로 판단된다. 심언광은 1523년에도 정언正言으로 사간원에서 근무했던 적이 있었다. 그리고 글씨는 심언광의 친필 유묵으로 보인다.

보통 계회도는 모임의 장면을 그린 그림이 있고(그림 부분에는 누군가의 계축시를 적기도 했다), 윗부분에는 전서篆書로 계회의 명칭을 적은 표제가 있고, 아랫부분에는 참석자들의 이름, 자, 호 본관, 당시의 품계와 관직 등을 기록한 좌목座目이 적혀 있다. 그런데 〈심언광 제시 미원계회도〉는 이런 전형적인 틀에서 벗어난 형태를 취하고 있다.

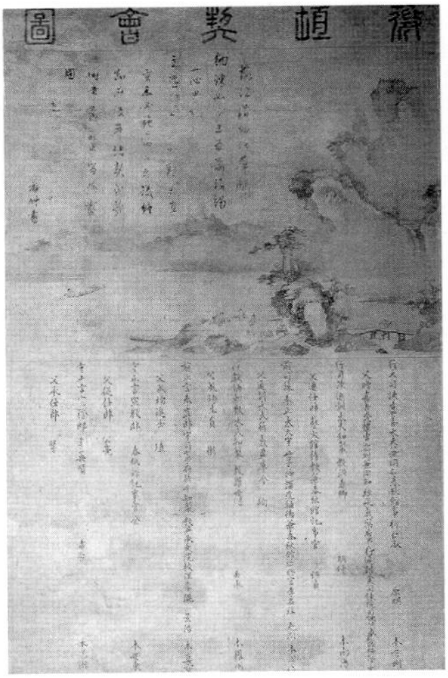

〈성세창 제시 미원계회도(成世昌題詩薇垣契會圖)〉, 비단에 수묵, 49㎝×57㎝, 국립중앙박물관 소장.

위는 심언광과 비슷한 시기에 활동한 성세창(1481~1548)의 제시가 있어 〈성세창 제시 미원계회도〉로 이름 붙여진 그림이다. 비슷한 시기에 지어진 작품이라 서로 비교해 볼 여지가 많다. 가운데 부분의 얕은 바위산 위에 두 그루의 소나무가 있고, 그 아래 넓은 터에 계회 참석자들이 둘러앉아 있는 것을 그렸다. 하단에 유인숙柳仁淑·홍춘경洪春卿·이명규李名珪·나세찬羅世纘·이황李滉·김□金□·이영현李英賢 등 당시 계회 참석자 7명의 관직·성명·본관, 부친의 관직·성명 등을 밝힌 좌목座目이 있는 등 앞서 언급한 계회도의 전형적인 형태를 취하고 있다. "嘉靖庚子仲春"이라는 연기年紀가 있는 것으로 보아 1540년(중종 35)에 제작된 것으로 확인된다.

〈심언광 제시 미원계회도〉는 이 작품보다 10년 정도 앞선 것으로 보인다. 그럼에도 일반적인 계회도의 형식에서 많이 벗어나 있다. 계회의 장면과 제시만 있고, 누구랑 같이 모임을 가졌는지에 대한 기본적인 항목이 빠져 있다.

그림만을 놓고 보면 앞의 두 작품은 구도 면에서 상당한 유사성을 보인다. 두 그루의 소나무 아래 참석자들이 앉아 있는 모습이라든지, 산수를 배경으로 하고 있는 점 등이 비슷하다. 〈심언광 제시 미원계회도〉가 뒤의 작품에 영향을 미쳤거나, 아니면 당시 '계회도'에 등장하는 배경이 일정한 패턴을 가지고 작성되었기 때문으로 보인다. 그렇기에 여기에 등장하는 배경은 실경實景 산수라기보다는 관념觀念 산수로 유형화된 경관이라고 할 수 있다.

또 그림에 등장하는 인물을 묘사함에 있어서 성세창 제시 계회도에서는 평복 차림의 인물을 그렸는데, 〈심언광 제시 미원계회도〉의 경우에는 관복을 입은 관원들의 모습을 그렸다는 차이를 보인다.

특히 형식면에서 〈심언광 제시 미원계회도〉는 일반적인 계회도와 좀 다른 모습을 보인다. 앞서 언급한 바와 같이 계회도는 참석자들이 그 모임을 기억하고 공유한다는 의미가 있기에 참석 인원을 적고 그 수만큼 제작하여 나누어 가지기에 가치가 있는 것이다. 하지만 이 그림은 참석자의 좌목이 없다는 점에서 그런 목적과는 다소 거리가 있어 보인다.

그림에 있는 심언광의 〈제미원계회도題薇垣契會圖〉라는 시를 보자.

士生貴尙志	선비가 나서 높은 뜻을 귀히 여기니
古哲猶吾友	옛 현인은 오히려 나의 벗이라
千秋但黃卷	천년에 오직 책을
相對若晝偶	벗을 만난 듯이 서로 마주하네
墮地況同國	태어난 곳이 하물며 같은 나라이고
蓄積同窠臼	자라고 쌓인 것도 같은 무리라
同猷復同寀	함께 하고 또 같은 동료이니
白簡管繩糾	백간으로 잘잘못을 관장하도다
平生履忠諒	평생 충성과 신의를 행하여
此日遭明后	오늘에야 밝은 임금을 만났도다
耿耿五肝膽	충직한 다섯 마음은
一一血數斗	하나하나의 피가 여러 말이네
恤緯誰無憂	걱정함에 누가 근심이 없을 것이며

捧天須有手　　하늘을 받듦에도 모름지기 수단이 있다.
仗節立宇宙　　큰 절의가 천지에 서고
唁唁枉多口　　으릉대며 굽은 입이 많구나
時淸屢覺閑　　시절이 맑아 자주 한가로움 깨달으면
共傾鵝卵酒　　함께 아란주를 기울이세
諸賢讓一頭　　제현은 윗자리를 사양하고
薄劣慙居右　　용렬함이 위에 있기 부끄러워 하도다
相戒莫相忘　　서로 경계하고 잊지 말자 하니
丹心到白首　　굳은 마음이 백발까지 갈 것이다
題名一幅小　　이름을 하나의 작은 화폭에 쓰니
托契三生厚　　모임을 맺음이 삼생보다 두텁네
流傳逐歲月　　흐르는 것이 세월을 좇아내니
繪畫那堪久　　그림이 얼마나 오래 견딜까?
端有存者長　　단아함을 오래토록 보존할 것이니
英風百世後　　늠름한 기상은 백 세 뒤에도 있으리라

(『어촌집漁村集』 권2)

『어촌집』에 실린 계축시의 경우 대부분이 5언 또는 7언 율시의 구조를 하고 있다. 그런데 이 작품은 5언 고시의 형식으로 28구의 장편으로 이루어져 있다. 제시의 내용을 보자면 위의 그림과 맞지 않는 부분이 있다. 시에서 "이름을 하나의 작은 화폭에 쓰니, 친교가 삼생의 인연보다 두텁네題名一幅小, 托契三生厚"라고 한 것으로 보아 참석 인원들(5명)에 대한 기술記述이 있었던 것으로 보인다.

무슨 이유에서인지 모르겠지만 이 작품의 경우 이 부분이 누락된 것으로 보인다. 따라서 일반적인 계회도에 있는 참석 인원에 대한 좌목이 없는 것으로 보아 공유의 의미에서 제작되었다고 보기보다는, 심언광 개인을 위한 목적으로 그려진 것이 아닌가 하는 생각을 갖게 된다.

3.

조선시대 관료들의 경우 같은 관서에 한번 소속되면 그 구성원들 간의 인연은 상당히 오래도록 유지되는 것이 일반적이었다. 그러기 위해서 뭔가 기억할 수 있는 부분을 만들고 서로 이어질 수 있는 계기를 만들어야 했는데, 그 가운데 하나가 계회도라고 할 수 있다.

계축시의 경우 대부분 관리로서의 포부와 자부심, 지속적인 관계 유지와 같은 일정한 패턴을 가지고 있다. 따라서 당시의 상황을 파악하거나 확인하는 데에는 필요하겠지만, 높은 수준의 문학성을 기대하기는 어려운 것이 사실이다. 이는 심언광의 경우에도 마찬가지이다.

문집으로 보건대 심언광은 상당히 많은 계회에 참여했던 것으로 보인다. 그리고 그의 문학적 재능을 반영하듯이 많은 계축시를 남기고 있다. 그러나 지금까지는 계회도와 계축시의 연결점을 파악하기가 어려웠다. 하지만 미국 클리블랜드박물관 소장본 〈심언광 제시 미원계회도〉를 통해 그 일단을 살필 수 있었다.

이 그림의 실체를 그대로 인정한다고 하면 그림의 내용은 산수를 위주로 하고 있으며, 정작 역점을 두어야 할 계원들의 모습이나 계회 장면은 그 중요성에도 불구하고 아주 작게 상징적으로만 표현하였던 16세기 중반 이전 계회도의 일반적인 속성을 잘 보여주는 작품이라고 할 수 있다.